樂 府

·

心里满了，就从口中溢出

# 花 木 碗

## 中 国 西 北 民 间 故 事 选

**赵燕翼** 编著

SPM 南方传媒 广东人民出版社
·广州·

# 目录

# 打酥油的小姑娘

在甘南草原上，流传着这样一个美好的故事——

很久很久以前，水甜草香的美多场[1]上，有一个藏族小姑娘，她的名字叫拉茂草。拉茂草是一个可怜的孤儿，生活无依无靠。她在牧主的牛场上帮人家挤奶子，打酥油。

拉茂草十六岁那年，来了一支名叫红军的神兵，头上戴红星，手中擎红旗，踏破岷山积雪，长征路过草地。牧主全家都躲开了，只留下拉茂草一个人，仍然待在帐篷里，辛苦地打着酥油。

这一天，圈滩上来了两个陌生客：一个是中年人，体格魁梧，神采焕发，骑一匹高头白马；另一个是青年人，样子精干利索，背一支盒子枪，骑一匹大红马。

"阿罗！巧德茂？"[2]那骑红马的青年人，用半生不熟的藏话，向正在打酥油的拉茂草姑娘热情问好。

"哑——德茂，德茂！"姑娘慌忙回答，一面睁大疑惑的眼睛，问道："你们是？"

"我们是红军。上路走得口渴了，想在你这儿讨口水喝，行吗？"

"行啊，行啊，请到里边坐吧！"

---

[1] 美多场：鲜花草地。
[2] 藏语，意思是"喂！你好吗？"

拉茂草把两位红军让进帐篷里，给他们各敬了一碗香喷喷的酥油奶茶；姑娘自己默默地站在一边，继续在一只木桶里，"咕咚""咕咚"捣着酥油。

　　这时候，那位年长的红军，一面喝着奶茶，一面和蔼地笑着，问道："小姑娘！你叫什么名字呀？"

　　"拉茂草。"

　　"噢，拉茂草！……听说藏族妇女在打酥油的时候，还要唱歌呢。可是，你打酥油，为什么不唱歌呀？"

　　"因为……我……我心里不快活！"

　　"噢，这么说来，你不是为你自己打酥油的喽？"

　　"嗯。我是给牧主老爷打酥油哩！"

　　"哦，你小小年纪，干着这样繁重的活路，一定很累了！"年长的红军说着，接过拉茂草手里的捣奶杵子，帮助小姑娘，"咕咚""咕咚"捣起来。边捣边满怀深情地说："拉茂草！我希望有一天，你在打酥油的时候，会愉快地唱起歌来。"

　　拉茂草叹了口气，说："唉，像我这苦命的孩子，哪会有自己的牛羊啊！"

　　"不，"年长的红军笑着说，"我看你倒是个很有福气的孩子呢！等着吧，当红旗再次插到草原上的时候，你就有自己的牛羊了。"

　　喝完奶茶，又吃了一点儿糌粑，两位红军客人给拉茂草留下了一块银圆，就告辞走了。

　　拉茂草把这块银圆装在胸前贴身的衣袋里，像珍宝一样收藏着它。

　　一杆一杆的红旗，向远方飘去，红军的队伍过完了。然而，草原生活并不平静，在那苦难的年月里，反动派的散兵，经常三五成群，到草原上骚扰牧民。有一天，拉茂草正在帐篷外面打酥油，忽然听到远处马蹄声响，抬头一看，呀！不好了！有一股土匪骑兵，一阵风似的，向藏家牧村袭来了！拉茂草不顾一切，站在山坡上高声呼叫："乡亲们！土匪队伍来啦！快跑啊！……"

喊着，喊着，忽然一颗子弹飞来，射中姑娘的前胸，她就倒在山坡上了……

骚乱过去以后，乡亲们都以为可怜的拉茂草被匪兵的流弹打死了，一个个怀着悲痛的心情，前来收殓姑娘的尸体。

然而，拉茂草并没有死。

原来敌人枪口里射出的一颗子弹，恰巧打在姑娘胸前藏着的那块银圆上，她不过猛吃了一惊，就吓昏过去了。其实，她的身体并没有受到丝毫损伤。

这个奇迹一传开，草原上的人们都怀着虔敬的心情络绎不绝地跑来，争先观看拉茂草那块神奇的银圆。经过千百人手指反复地爱抚摩挲，那块银圆就像一面小小宝镜似的，越来越明亮闪光了。

有一个鞋匠师傅，看了这一块闪闪放光的宝贝银圆，对拉茂草说："亲爱的姑娘！你经常打赤脚跑路多不好呀！让我给你用上等牛皮做一双长筒靴子吧！我不会向你多要钱的，只要你给我这块银圆就行啦！"

拉茂草回答："谢谢您的好意，鞋匠师傅！我光着脚走路，早已习惯了，就不想再买您的靴子了，因为我要留着这块银圆，将来买一群属于自己的牛羊哩！"

又有一个裁缝师傅，看了这块光彩夺目的银圆，对拉茂草说："亲

4

爱的姑娘！你穿了多年的这身破褐衫，有损你青春的美丽，是应该换换了！让我给你缝一件藏袍吧！我不会向你漫天讨价的，只给我这块银圆就可以了！"

拉茂草回答："感谢您对我的关怀，裁缝师傅！我这件褐衫虽然旧了，穿着倒还温暖，就不想花钱买您的藏袍了，因为我要节省下这一块银圆，以后给自己买一群牛羊哩！"

另有一位寺院的喇嘛，对拉茂草说："可怜的小姑娘啊！你不是做梦都想得到一大群牛羊吗？那么，把你那块银圆献给我吧，我将会在圣灵的佛爷面前，为你念经祷告，佛爷一定会降福给你的！"

"不！"拉茂草回答说，"我亲生的父母，曾经把自己赤诚的心，都掏出来奉献给佛爷了，可他们直到临终的那天，还没有一只属于自己的小羊羔！尊敬的喇嘛啊，这块银圆，还是让我留在身边吧——总有一天，我会买到自己的牛羊的！"

喇嘛没有得到姑娘那块神奇的银圆，就到处对人们宣扬说："拉茂草是一个天生的穷骨头——佛爷永远不会赐给她一头牛羊的！"

…………

五年过去了，小姑娘长大成人了……

十年过去了，拉茂草已经是另一个小姑娘的母亲了……

然而，她那块仅有的银圆，仍然藏在贴身的衣袋里。拉茂草，也仍然是一个一无所有的穷苦人。因为，尽管那一块闪光发亮的银圆很宝贵，毕竟还是买不来一群牛羊啊！

"等着吧，当红旗再次插到草原上的时候，你就有自己的牛羊了！"当年那位老红军说过的话，还深深刻记在拉茂草的心里。

事实证明，红军的预言是最灵验的——这大喜的一天，终于盼来了！

解放的炮声，震动了广阔的草原。一面缀着五颗金色星星的美丽红旗，在美多场上飘扬起来。奴隶身上的枷锁打开了，穷苦牧民翻身了。人民政府给拉茂草家里发放了一笔生产贷款，她用这笔钱，买下了几十头牛羊。

多少年来的愿望实现了，拉茂草多么高兴啊！当她从自己的牛群里挤下奶子，放在自己的木桶里，打着自己的酥油的时候，感到那"咕咚""咕咚"的声音听起来格外入耳顺心，就深情地唱起一支欢乐的歌儿来！

…………

故事讲到这里就完了。拉茂草珍藏的那块银圆哪里去了？据说，在一座宏伟的革命历史博物馆里，你从那千万种展品中就可以找到。

（藏族民间传说）

## 金瓜儿和银豆儿

河西地方，有一座大石山，名叫铁柜山。老人们传说，铁柜山下宝贝多。可惜，"抓山鸟"被累死了，"支山石"被压碎了，宝贝再难出世了！

我们就讲讲这个故事。

从前，铁柜山边，有老两口，没儿没女，在山前荒滩上挖了一块小菜地。老两口辛辛苦苦，搭茅屋，修小渠，养鸡鸭，种菜蔬，过着勤劳孤苦的生活。

日子一天一天过去了，老两口一年比一年衰老了，精神气力，越来越不行了，种地下苦[1]，更加艰难了！缺吃少穿的日子难熬，无儿无女的孤单寂寞更难熬！

"唉！我们有儿女多好啊！能帮妈妈看鸡，能帮爹爹种菜，就是我们死了，也有个亲人抬埋……"老两口时常这样感叹着，念叨着。

没有马勺榆木削，没有火炉黄土捏；可是啊，人没有儿女，再想再盼也没奈何！

老头儿的背驼了，腿弯了，走路行动不便了。有一回，出门摔了一跤，碰落了一颗牙齿。他把这颗牙齿埋到菜园里，说："这是我身上掉

---

[1] 下苦：出力。

下的骨肉，种到土里吧，也许能扎几条根根，生一株苗苗！"

老婆儿的眼花了，手硬了，做活劳动笨拙了。有一回，切青菜，刀刃一拐，连肉切下半片指甲。她把这片指甲也埋到菜园里，说："这也是我身上的骨肉，种到土里吧，也许能发出芽芽，开朵花花！"

春雨浇，太阳照，菜园里的种子发芽了。白菜的嫩芽芽出土了，芹菜的嫩芽芽出土了，茄子、辣椒的嫩芽芽都出土了，豇豆、黄瓜、葫芦的嫩芽芽一齐出土了。在老头儿种下牙齿的地方，在老婆儿埋下指甲的地方，也各有一苗嫩芽芽生出来 —— 一苗芽芽粉红，一苗芽芽翠绿，瓜不像瓜，豆不像豆，胖乎乎的，旺生生的。连务了一辈子菜园的老头儿，也认不出这两株小芽儿，到底像什么蔬菜果木。老两口又稀罕，又疑惑，他们说："这怕真是咱老两口的骨血变成的，好好保护着吧，看它能长成什么苗，开出什么花，结上什么果。"

早松土，晚锄草，水浇足，粪上饱，这两株稀奇的芽芽啊，一天长得比一天高。

红芽芽长了八尺八，蔓蔓爬上葫芦架，生绿叶，开黄花，黄花落了，结了一个大金瓜！

绿芽芽长了三尺三，长长的秧儿南墙上牵。开的什么花？粉红花。结的什么果？银豆角。豆角有多少？只有一个。什么样儿？像弯弯的月牙儿。

二月发芽，三月生叶，四月开花，五月结果，六月、七月，金瓜儿成熟了，银豆角饱满了。老两口选了一个日暖天晴的好日子，拿上筐箩，提上篮子，走进菜园，一个来摘金瓜，一个去采豆角。老头儿走到瓜架下，还没有动手摘哩，金瓜自己落地了。老婆儿走到豆秧前，还没

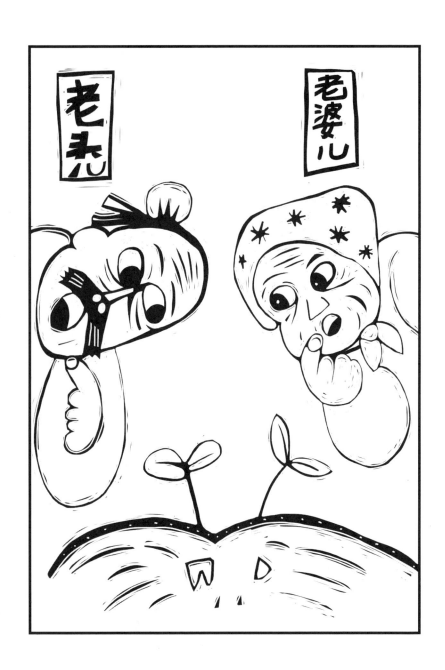

有动手采哩，豆角自己离秧了。瓜儿落在地下，一分两半，瓜壳篓里，睡着一个憨墩墩的胖娃娃！豆角离开豆秧，裂开口儿，豆角皮皮里，躺着一个嫩生生的俊女儿！老两口一见，大吃一惊，丢下筐箩、竹篮，回头就跑。只听后面，一对儿女连声叫：

"爹爹，爹爹你莫要怕，我是你的亲娃娃！"

"妈妈，妈妈你莫惊疑，我是你的亲女儿！"

声音响当当，叫得那么亲热，那么甜蜜！头一声"爹爹""妈妈"，叫得老两口儿站住脚；第二声"爹爹""妈妈"，叫得老两口儿回了头；第三声"爹爹""妈妈"，叫得老两口儿喜笑颜开。望着笑眯眯的一对儿女，忍不住心里欢喜！老头儿走上前，抱起金瓜里的男娃娃。老婆儿走上前，抱起豆角里的小女儿。

老两口儿挨着儿女粉嫩的脸蛋儿，亲了又亲，亲了又亲。老花的眼睛里流下了欢喜的热泪——他们怎不欢喜啊，孤苦伶仃半辈子，忽然得了一双儿女！

儿子哪里来？金瓜秧上结下的。女儿哪里来？豆角里头生成的。老两口给取下名儿，哥哥叫金瓜儿，妹妹叫银豆儿。

俗话说：只愁生不下，不愁长不大。转眼几年，金瓜儿、银豆儿，都长大成人了。

金瓜儿帮爹爹种菜，人儿虽小，本领不小：栽葡萄，种果木，园里的蔬菜一片绿，把个破破烂烂的小菜园，作务成齐齐整整的花果园。看景致，美得很；论出产，富得很。春种秋收，不用爹爹再操心。

银豆儿帮妈妈管家，手脚儿勤，心眼儿灵，管家理事比人能：论针线，堪比裁缝；论茶饭，胜过厨子；论气力，赛过男儿。南山打柴，西河担水；碾下的米，珍珠黄；磨下的面，雪花白；又养鸡鸭又养鹅……家中事，无论大小，她安排得样样周到，不用妈妈再操劳。

儿女长大了，衣食丰足了，一家人欢欢乐乐，过上了好日月。

关起门，家里坐，半天空里掉下祸。有一天，南庄李员外上大佛寺烧香还愿，轿子打从山下过，看见金瓜儿家小菜园：树上果子红，园里菜叶绿，豆棚结铃铛，瓜架吊葫芦，一串串的葡萄赛珍珠……李员外越看越爱，不由得点头夸赞："哈！真是个世外小桃源！"轿子停下了，员外下轿了，他问跟班："这是我家地界，谁在这里种菜？"跟班过去一打听，领来了金瓜儿一家四口人。李员外说："这山，是李家山；这地，叫李家园；你们在这里种菜栽树，为什么不给我纳粮交租？"

老头儿听了，心里很不服气，说："这山，原是个荒山；这地，原是个石头滩。我从三十岁到这里，挖石头，揭草皮，开成这块小菜地。四十年过去了，我生活在这里，就是这里的园主，为什么要给你交租？"

李员外一听，冷笑一声，问："你说你是园主，手里可有地契？"

地契？——没有。一句话堵住了老头儿的口！

"官凭印，虎凭山，土地要凭契约管。你没契约，我有契约。种了咱园子四十年，官粮地租，要从头清算！"李员外这么一讲，他随身的管家端起算盘乱拨拉，乌木算盘呱啦啦响，算下了黄金、白银各十两，限三天，交不出黄金、白银，这园子你就种不成！

李员外走了，老两口心里好愁闷，三天限期，哪里去变二十两金银！

金瓜儿、银豆儿，兄妹俩一商量，二人来对爹妈说："爹爹、妈妈不用愁，咱有两双劳动手，能从无中生出有。"

老两口儿说："唉！孩子呀！要十个瓜，咱园里去摘；要十个果，咱树上去采；这十两金、十两银，穷汉家里没处寻！"

两个孩子又说："好汉出在穷家里，金银出在深山里。咱家庄前这铁柜山，人人传说，铁柜山里金银多。咱兄妹俩，登山寻宝，一定要把黄金、白银找到！"

金瓜儿、银豆儿，兄妹二人，拿着镢头，扛上铁锨，来到铁柜山。

挖呀挖，铲呀铲，一心要打开铁柜山。熬了两天三夜，挖通十丈深的山洞。不见一块金，不见一块银，洞底下挖出了一座铁闸门。铁门框，铁门槛，门口闸着铁闸板。左拉，不开！右掀，不开！向上抬，向上抬——力气用尽了，那座铁闸门啊，还是打不开！

兄妹俩太累了，走出山洞，坐下来休息。他们心里多么焦急啊，挖不出金银，该拿什么去交租！

忽然半天空里飞来一只大鸟，绕着铁柜山，左盘右旋，飞了几转，猛然冲下来，抡开利爪，抓住山头，向上只一提，轰隆一声，把一座铁柜山悬空提起几丈高。接着，又突然"咕咚咚"一阵平地雷声，从远处滚来了一块大石头，稳稳地支住了悬起的铁柜山。

金瓜儿、银豆儿一见，又惊又喜，连忙跑到山底下，一看，那座铁闸门已经打开了。闸门开，铁柜开，金银宝物现出来。黄灿灿的，是金山；白花花的，是银山；聚宝盆、珊瑚树、琥珀、玛瑙、夜明珠……真是金光闪闪，宝气灿灿，把人的眼睛都耀花了！金瓜儿、银豆儿走进门去一看说："这些珍珠宝贝，我们没处用，只拿点金银出去吧。"说着，金瓜儿在金山上捧了一捧金子，银豆儿在银山上拾了两块银子。兄妹两个走出铁门，欢欢喜喜要回家。忽见那块支山石头从山底下滚出来，越滚越小，越滚越小，骨碌碌……直滚到金瓜儿的面前。仔细一看，哪里是什么石头，原来正是金瓜儿亲手种下的一只大冬瓜！兄妹俩看着冬瓜，正在稀罕，又见那抓山的大鸟把脚爪一松，轰隆隆震天响，铁柜山从半悬空里落下来，照原样儿，长囤囤了。那抓山鸟儿展开翅膀飞过来，越飞越低，越飞越小，扑啦啦……直飞到银豆儿脚下。仔细一看，不是什么仙鹤神鸟，原来正是银豆儿家里养着的一只红公鸡！

金瓜儿抱起他的大冬瓜，银豆儿抱起她的红公鸡，兄妹二人心里好欢喜："啊哈！抓山鸟，支山石，原来出在咱家里！"

三天过去了，限期到了。李员外带着管家跟班上门收租来了。金瓜儿兄妹，清早出门，干活去了。老两口拿出了儿女寻来的金银。一捧金，两锭银，黄金白银上天平，金子十两，银子十两，不多一丝，不差半分。李员外一见，心里好奇怪：这穷汉家里，哪来这么多钱财？便开口问老两口："你这些金银，是家藏的？捡来的？还是东西换来的？……说明来路，我才能收。"

老两口都是诚实人，心想，这是咱山里挖来的，又不是偷来抢来的，告诉你也不怕啥，于是便把开山取宝的经过，老老实实说了出来。

李员外听了，心里又惊又喜。他本来想霸占金瓜儿家的菜园子，如今一听竟有支山的冬瓜、抓山的鸡，这么好两件宝物！看见肥肉，就不想吃豆腐了。他眉头一皱眼一翻，又生出了一条奸计。

"老大爷啊！"李员外笑眯眯地说，"你喜爱咱这所园子吗？"

老头儿摸不透人家是啥心思，便老实地回答："怎么不喜爱？地种三年亲如母啊！"

李员外说："那么，我就把这基业，卖给你家吧？"

老头儿摇摇头，说："咱穷汉人家，没那么多钱！"

李员外说："不要你金，不要你银，只要你支山的冬瓜、抓山的鸡，这一桩买卖，实在便宜了你。"

老两口一听，心里一惊，你望着我，我望着你，说什么也不敢答应。

老头儿说："支山冬瓜，是我儿子种的！"

老婆儿说："抓山公鸡，是我女儿养的！"

老两口齐声说："儿女的东西，我们不能做主！"

这时候，李员外的管家鼻子里哼了一声，接口说道："你说冬瓜是你儿子种的，我说冬瓜是员外地里生的；你说公鸡是你女儿养的，我说公鸡是吃员外庄稼长的。好心赏你们便宜，你们还不识抬举。"

李员外和他的管家，一阵软，一阵硬，把老两口摆弄得又急又气又害怕，真不知怎样说才好！就在这为难的当儿，金瓜儿卖菜回家了，银豆儿担水进门了。老两口唉声叹气，把李员外贪心夺宝的事，对儿女从头说了。兄妹两个，倒劝爹妈说："金山银山，抵不过种地吃饭；只要他能把菜园子留给咱，我们不指望那宝鸡、神瓜发横财！"

白纸上落下黑字，李员外亲笔写了地契。金瓜儿、银豆儿交出了支山冬瓜、抓公山鸡。这一桩买卖，就算成了交易。

轰隆隆！震天响，"抓山鸟"抓起山来；咔嚓嚓！又一声响，"支山石"支在山下。李员外领了他的跟班管家，穿过铁闸门，来到铁柜山里面。

想抬走金山，又舍不得银山；怀里抱上珊瑚树，眼睛瞅着夜明珠，还有那珍珠、玛瑙、白玉、水晶……哪一样宝贝不稀奇！只恨爹娘没有生下三头六胳膊，又后悔没有赶上骡子拉上车。这么多的金银珠宝，少拿一件，也心疼得不得了！这两个贪心鬼，从清早磨到半晌午，从中午又磨到日偏西。前山跑到后山，累得满头大汗，早忘了他们从哪里进来，该从哪里出去。

"抓山鸟"累了！"抓山鸟"腿酸了！"抓山鸟"力气用完了！脚爪一松，铁柜山从半悬空里掉下来了！大山压顶，独石难支，"支山石"被压扁了！"支山石"被压碎了！轰隆声震天响，铁柜山合在一起了！

那伙贪心不足的人，永远被压在山底下了。

（汉族民间故事）

# 白羽飞衣

　　我们东乡族，从前有过这么一个小姑娘，名叫法吐曼，小小年纪，就死了亲娘；后来的阿妈，心肠不好，常出些坏主意，折磨这个可怜的孩子。可是，法吐曼是个顶灵巧的姑娘，不管阿妈想出多难的事情叫她做，她都能做得很出色。

　　阿妈挑不出法吐曼的毛病，心里越加气恨。她想：只有把这死丫头用得远远的，才能拔掉眼中钉！

　　法吐曼十三岁那年，狠毒的阿妈就把她卖给了一个黑胡子男人当妻子，彩礼银子五十两，说定三天以后来驮人。

　　前门锁了，后门也锁了；上天天无路，入地地无门。可怜的法吐曼啊，像掉在陷阱里的小鹿羔儿，恐惧！忧愁！伤心！

　　一群白鸽在天空飞翔，法吐曼望着它们自由地拍着翅膀儿，心里很羡慕，于是她坐在窗前，低声唱道：

　　　　白鸽儿啊，白鸽儿，

　　　　我真羡慕你们。

　　　　如果我有一双翅膀多好啊，

　　　　也能自由地飞翔在天空！

夜里，她梦见那群白鸽儿飞落在床前。

"姑娘！"白鸽们说，"我们送你一点儿东西，请你把它做成一件衣服，你在最危急的时候穿上它，就能远离灾难，得到自由、幸福。"

说罢，白鸽们都从自己身上拔下几根羽毛，堆在法吐曼的床上，然后，它们就飞走了。

白鸽拍动翅膀的声音，惊醒了法吐曼。她睁眼一看，那堆雪白的羽毛，还堆在身边。姑娘心里欢喜，点起灯来，照着白鸽的嘱咐，连夜做衣服。金针引彩线，巧手制仙衣；三更灯火五更鸡，赶天明做成了一件雪白轻软的羽毛衣。

一天、两天过去了，第三天清早，那个黑胡子男人拉着一匹黑骡子来驮亲了！吓得法吐曼倒顶了门儿，躲在小屋里，不敢出来。

阿妈在门外，装出很亲热的声音，叫道："好女儿，快把门儿开了。"

"阿妈，让我打扮打扮吧！"

等了一会儿，阿妈问："好女儿，打扮好了吗？"

"阿妈，我正梳头哩！"

又等了一会儿，阿妈不耐烦了："法吐曼！打扮好了吧？"

"阿妈，我正洗脸哩！"

又等了一会儿，阿妈生气了："死丫头！还没有打扮好吗？"

"阿妈，我正穿衣裳哩！"

阿妈不愿再等了，就叫那黑胡子男人一脚踢开房门，两个人冲了进去。只见法吐曼正把一件雪白闪亮的羽毛衣裳披到身上，忽然，法吐曼变成一只白鸽儿，展开一双翅膀，扑棱棱从门里飞出去，一直飞到天空，绕了几个圈子，就飞得看不见了……

法吐曼姑娘变成的白鸽儿，在天空里飞行了好久，落在一座山塬路边的干枝丫树上。太阳落山了，天快黑了，她伤心地唱：

> 咯噜噜，咯噜噜，
> 阿妈害得女儿好苦！
> 天阔云深无亲人，
> 哪里是我安身处？

唱着唱着，眼睛里的泪珠珠就成串串儿滚下来了。

路口开茶馆儿的老阿爷，听见白鸽儿唱得那么悲伤，便也唱了一支歌儿，来安慰她：

> 白鸽儿啊白鸽儿，
> 不要伤心不要哭。
> 千里相逢有前缘，
> 你就在我家里住？

老阿爷的茶案上，放着三把水壶——金壶、铜壶和铁壶。他提过金壶，在一只白玉小盅儿里，倒满了清水，放在门口桌子上，对树上的白鸽儿说："小白鸽儿，来喝点水吧！"

白鸽儿飞了一整天，实在口渴了，她看这老阿爷，和和善善的，便放心飞下树来，把一盅儿清水都喝完了。忽然，她咯栗栗打了个冷战。

老阿爷一伸手，轻轻取下她的白羽飞衣，白鸽儿立刻又变回法吐曼姑娘了……

从此，法吐曼就在这茶馆里，帮助老阿爷做些零活。老阿爷待她，也像待自己的小孙女。法吐曼心里非常快乐。

老阿爷特别嘱咐她：茶案上放的这三把水壶——金壶是"仙壶"，铜壶是"凡壶"，铁壶是"魔壶"，给普通客人沏茶，只能使用铜壶。

有一天，法吐曼担着桶儿去打水，忽然看见阿妈和那个黑胡子男人走上山来。她吓得心里咚咚直跳，慌慌张张跑回屋里，一面找她的白羽飞衣，一面气喘吁吁地说："阿爷，不好了！我的阿妈捉我来了！"

"孩子，不要怕！"老阿爷说，"你安安静静坐在屋里，我自有对付他们的办法。"

那两个人走上山来了。

"阿爷！"他们说，"有个外乡的小姑娘，听说跑到您这搭来了，是吗？"

"我只见过一只白鸽儿，因为有坏人迫害她，才飞到我茶馆里来。"

"正是她——她是我女儿。"阿妈说。

"正是她——她是我妻子。"黑胡子男人说。

"不要忙，不要忙！"老阿爷笑着回答，"千里寻人，天热路长，你们一定跑得口渴了，来，先喝碗茶，有事情咱们慢慢商量。"说着，提过那把铁壶，冲了两盖碗茶。

盖碗茶只喝了几口，那两个人，突然"咕咚""咕咚"栽倒在地上，立刻变成一对烟熏颜色的小鸟儿，在桌子下面乱扑腾。老阿爷举手一挥，它们都吓得扑啦啦飞到那棵干枝丫树上去了。

老阿爷哈哈大笑，对躲在屋里的法吐曼说："孩子，快出来看，这两个坏东西，飞到树上去了！"

法吐曼刚走出房门，树上那一对烟熏色的鸟儿齐声噪叫：

回去！回去！死丫头！

回去！回去！死丫头！

老阿爷拾了块小石头抛出去，两只烟熏色的鸟儿都吓得飞走了。

一会儿，法吐曼正坐在茶炉子跟前烧开水，那两只鸟儿又飞来了：

回去！回去！死丫头！

回去！回去！死丫头！

……

叽叽喳喳，吵个不停。

法吐曼听着，心里烦躁不安，连忙说："阿爷！快把它们赶走吧！"

老阿爷用一根长树枝赶走了那两只讨厌的鸟儿。

可是，没有过上多久，它们又飞来了：

回去！回去！死丫头！

回去！回去！死丫头！

……

"阿爷！快把它们赶走吧！吵死我了！"

老阿爷这时候正在揉烙锅盔[1]的发面，便顺手揪下一疙瘩面，朝门外抛出去。忽然，那面团变成一只尖嘴利爪的鹞子，"嗖"的一声，向树上扑过去，吓得那对烟熏色的鸟儿远远地飞逃而去，再也不敢来噪叫了。

直到如今，我们在深山野林里，还能看得到这种烟熏色的丑鸟儿。它们一落到树上，就大声噪叫：

回去！回去！死丫头！

回去！回去！死丫头！

鹞子最恨这种鸟儿，一听到那讨厌的叫声，就飞过来追赶它们。人们把这种鸟儿叫作"寻人雀"。

（东乡族民间传说）

---

[1] 锅盔：一种厚烙饼。

# 五个女儿

妈妈生了五个女儿，大女儿叫顶针儿，二女儿叫手镯儿，三女儿叫戒指儿，四女儿叫耳坠儿，五女儿叫荷包儿。

五个女儿早死了亲爹，妈妈又嫁了第二个丈夫，是个串乡货郎客。货郎客为人刻薄又吝啬：新布，不给五个女儿穿；好饭，不给五个女儿吃；一不高兴，破口大骂，"唉！可惜了我的白米细面，养活五个赔钱货！"

有一天，货郎客赶早去串乡，临出门的时候，对女人说："好面取半升，好油打半斤，烙下几张千层油饼，我晚上回家吃。"说罢，担上货箱走了。

妈妈打发五个女儿去场上晒谷子，自己倒扣上厨房门，收拾烙油饼。和好面，生着火，千层油饼摊上锅。刚烙熟了第一张，大女儿顶针儿来了。砰砰砰！门儿拍得响："妈，妈！开门来！"

"不在场上晒谷子，回家干什么来了？"

"我取簸箕来了。"

妈妈开了门，顶针儿走进来。

"灶火里红通通，锅里气腾腾 —— 妈！您在干什么？"

"给你爹烙油饼哩。"

"好香啊！给我吃一个吧！"说着，揭开锅盖，拿起油饼就吃。

妈妈说："娃啊！你吃就吃了吧，到场上可别对你妹妹们说。"

顶针儿答应着，拿上簸箕，走了。

妈妈关上门，又烙上第二张油饼。刚刚烙熟，二女儿手镯儿又跑来了。砰砰砰！门儿拍得响："妈，妈！开门来！"

"不在场上簸谷子，回家干什么来了？"

"我取筛子来了。"

妈妈开了门，手镯儿走进来。

"灶火里红堂堂，锅里喷喷香——妈！您在干什么？"

"给你爹烙油饼哩。"

"好香啊！给我吃一个吧！"说着，揭开锅盖，拿起油饼就吃。

妈妈说："娃呀！你吃就吃了吧，到场上可别对你姐姐妹妹说。"

手镯儿笑着，拿上筛子，走了。

妈妈关好门，又烙上了第三张油饼。油饼刚好烙熟，三女儿戒指儿又跑来了。砰砰砰！门儿拍得响："妈，妈！开门来！"

"不在场上筛谷子，回家干什么来了？"

"我取笤帚来了。"

妈妈开了门，戒指儿走进来。

"灶火里火焰高，锅里香气飘——妈！您在干什么？"

"给你爹烙油饼哩。"

"好香啊！给我吃一个吧！"说着，揭开锅盖，拿起油饼就吃。

妈妈说："娃呀！你吃就吃了吧，到场上可别对你姐姐妹妹说。"

戒指儿点点头，拿上笤帚，走了。

妈妈关上门，又把第四张油饼摊到锅里。刚烙熟了，四女儿耳坠儿又跑来了。砰砰砰！门儿拍得响："妈，妈！开门来！"

"不在场上扫谷子，回家干什么来了？"

"我取口袋来了。"

妈妈开了门，耳坠儿走进来。

"灶火里红彤彤，锅里香喷喷 —— 妈！您在干什么？"

"给你爹烙油饼哩。"

"好香啊！给我吃一个吧！"说着，揭开锅盖，取出油饼就吃。

妈妈说："娃呀！你吃就吃了吧，到场上可别对你姐姐妹妹说。"

耳坠儿笑了笑，拿上口袋，走了。

妈妈关上门，把最后一张油饼摊到锅里，急忙添了一把柴，想赶快烙熟了，好藏起来。砰砰砰！门儿拍得响，五女儿荷包儿又在门外叫起来："妈，妈！开门来！"

"不在场上装谷子，回家干什么来了？"

"我取扁担来了。"

妈妈开了门，荷包儿走进来。

妈妈把扁担递给女儿，说："天黑了，快去帮姐姐们担谷子吧！"

"妈！给我个油饼吃。"

"没有油饼，等一会儿喝稀饭。"

"四个姐姐都吃了，单不给我吃 —— 妈！您的心偏！"荷包儿说着，眼眶里汪起泪花花。

"唉！"妈妈长长叹了口气，从锅里取出那张油饼，给了五女儿，说："娃呀！就剩这一个了，你就吃上吧。"

荷包儿接过油饼，喜笑颜开吃着。她家的花花狗娃，看见荷包儿吃油饼，抬起头来望着。荷包儿撕下一片丢给它，说："狗娃花花！油饼真好吃，你也尝尝吧。"

油饼吃完了。太阳落山了。货郎客回家了。货郎客卸下担儿，说："串了四乡八镇，走遍东庄西村，乏了！饿了！快把油饼拿来我吃！"

"油饼叫你五个女儿吃完了！"

货郎客一听，一肚子的怒气像水滚，嘴里没言语，心里想下一条计。第二天清早，他收拾了砍柴斧子、背柴绳子，又拿了一根棒槌、一张干羊皮，笑嘻嘻地对五个女儿说："娃娃们！我今天要上山砍柴——山里野花开，山里蝴蝶飞，你们跟我去玩一天吧。"憨憨的五个女儿，听说上山去玩，一个个欢天喜地。顶针儿提上小篮子，说要摘野果；手镯儿带上小锄头，说要挖芍药；戒指儿拿上小铁铲，说要铲香草；耳坠儿背上小背篓，说要拾蘑菇；荷包儿取上小镰刀，说要割柏枝；又叫上狗娃花花，说要给她们做伴儿。五个女儿跟着货郎客，高高兴兴出门了。

过了九十九个滩，拐了九十九道弯，货郎客领着五个女儿，来到野熊山。

"娃娃们！"货郎客说，"我在山下砍柴，你们进山去玩，什么时候听不见我的斧头响，你们就下山来吧。"

五个女儿进了山，山里的景致，别是一重天。绿绿的树，青青的草，千种花儿百样鸟；山桃野果压树枝，五色鱼娃儿水上漂……五个女儿，手拉手，采花儿，摘果儿，扑蝴蝶儿，斗草儿，高兴得像飞出笼子的小鸟儿。

顶针儿满满摘了一篮野果，说："我们回去吧？"四个妹妹说："再玩一会儿吧！你听，爹爹的砍柴斧头正响呢。"

她们又向前走，手镯儿挖了几只芍药根，说："该玩够了，我们回去吧？"三个妹妹说："急什么，爹爹的砍柴斧头，不是还没停嘛！"

她们再向前走，戒指儿铲了一捆香茅草，说："走得远了，我们回去吧？"两个妹妹说："不远不远，爹爹的砍柴斧头，还听得清楚呢！"

她们又往前走，耳坠儿拾了一背篼白蘑菇，说："太阳偏西了，该是我们回去的时候了！"荷包儿一听，噘起嘴来，说："你们都寻得了好东西，单叫我空着手回去！"四个姐姐见小妹妹不高兴，商量着说："那么，我们再走几步吧，爹爹的砍柴斧头，还听得见呢。"

她们又朝前走，大家动手，帮荷包儿割了一束嫩柏枝。这时候，太阳落山了，鸟儿回窝了，天全黑了。五个女儿回头走，可是啊，心慌意乱，她们迷路了！前走，是高山；后退，是深林。草丛萤火闪，沟头野兽叫，夜鸟林中飞，山风吹树梢。深山老林的黑夜啊，风吹草动，都叫人心头跳！

大姐姐顶针儿说："妹妹们，别发慌，听，爹爹的砍柴斧头，就在前面响！"五个女儿，手拉手，领着狗娃花花，朝着斧头响的方向，一路走下山来。

"咣！咣！咣！……"砍柴斧头还在响。五个女儿高兴地叫："爹，爹！我们回来了！"可是，只有山谷的回声，听不见爹爹答应。她们借着一天星光，仔细一看：一棵大树上，挂着干羊皮，吊着木棒槌，山风吹着棒槌摆，棒槌打着羊皮响："咣！咣！咣！咣！……"哪里是爹爹的斧头响！

爹爹，爹爹！你好狠的心肠！忍心丢下五个女儿，在这黑夜深山喂虎狼！回去吧，夜黑山险看不清路；不回去，该到哪里去投宿？

忽然，远远望见山林深处，闪起一点灯火。有灯火，必有人家。五个女儿高兴地说："去看看吧，只要度过今夜晚，明早天亮，再找路回家。"她们打起精神要进山，狗娃花花拦在前面，"汪汪汪汪"大声叫。"狗娃花花不要叫，寻见人家，让你吃个饱！"五个女儿手拉手，领着小狗，朝着灯火亮处走，不觉来到一座山洞口。一级一级青石阶，走上石阶，双扇石门单扇开，洞里头有个老奶奶。老奶奶一见五个女儿，大吃一惊："哎呀，娃娃们！黑天半夜，你们怎么到这里来了？"

"我们进山砍柴迷了路，请您老人家，留我们住一宿。"

"哎！"老奶奶长叹了一声，说，"你们哪里知道，这是什么地方！这山，叫野熊山；这洞，叫野熊洞。野熊洞里，住着个野熊精。野熊精，不吃人间烟火食，一心专吃过路人 —— 你看那洞口的白骨，堆成一道岭！"

"老人家！您是什么人？为什么野熊精不吃您？"

"我也是叫它抓来的。人老了，身瘦了，只有骨头没肉了 —— 它才没有吃我，留下给它看家。"

"野熊精上哪里去了？我们怎么没有看见？"

"憨娃娃啊！没有看见就好，要是叫它看见，那还得了！"老奶奶走出洞口，望望天色，说："野熊精出去抓人，快回来了，你们早点离开这里吧！"

夜这么黑，山这么深，五个女儿啊，该到哪里去安身？

"老人家！野熊精回来，睡在哪里？"

"天热睡凉炕，天冷睡热炕。"

"热炕怎么睡？凉炕怎么睡？"

"热炕睡在大锅里，凉炕睡在石板上。"

五个女儿悄悄商量了一会儿，对老奶奶说："老人家，不用怕！请您用五只大缸，把我们藏下，野熊精回来，您叫它睡热炕，我们自有治它的办法……"正说着，忽听洞外大风响，老奶奶大吃一惊——野熊精进山来了，来不及再商量了。她急忙揭起五只大缸，叫五个女儿在缸底下躲藏。狗娃花花没处去，把它藏在灶火洞洞里。刚刚藏好，野熊精就来了。一进洞门，先用鼻子乱闻："楚息！楚息！这是什么气味？"

老奶奶说："想是我脚上的脚臭气。"

"楚息！楚息！这不像你的脚臭气。"

"想是你身上的熊腥气。"

"楚息！楚息！哪是我身上的熊腥气？"野熊精说着，满洞乱找，走到扣着的缸跟前，就要翻开看。老奶奶吓得心里慌，拦又不好拦，挡又不好挡："唉，坏了！憨憨的五个女儿啊，就要遭灾殃！"就在这紧急当儿，忽然，狗娃花花从灶火洞洞里跳出来，猛扑上去，"汪"的一声，咬住了野熊精的后脚筋。野熊精回过身来，踢了狗娃花花一脚："我闻着有股子怪气味，才是你这个小畜生！"老奶奶连忙说："这不知是哪里跑来的小狗，我赶着攆着，它还是不走。"

"它不走，你拴下，明天抓不到活人，我就吃了它。"

"对，天不早了，你睡吧。"

"天气热，我要睡凉炕。"

"外面刮大风，半夜天变冷——你还是睡热炕吧。"

野熊精听了老奶奶的话，就睡在大锅里。过了一会儿，"呼噜噜！

呼噜噜！……"野熊精睡着了。老奶奶悄悄揭起缸儿，放出五个女儿。顶针儿、手镯儿，抬来几块大石头，沉沉地压在锅盖上。戒指儿、耳坠儿，抱来几捆干柴，在灶火里生起烈火。荷包儿使劲拉风箱，"啪嗒！啪嗒！……"风箱吹火火烧锅，越烧越烫，越烧越热。

"哎呀！怎么这么热呀？"野熊精烫醒了，在锅里大叫。

"别吭声，热一点儿睡着舒坦！"五个女儿在外面回答。

"哎呀呀，别烧了，把我的熊毛烧光了！"

"不要嚷，不要叫，熊毛烧光换皮袄！"

"哎呀呀，别烧了，把我的熊皮烙焦了！"

"不要叫，不要喊，脱掉熊皮换新衫！"

"哎呀呀！哎呀呀！……"

就这样，一个凶恶的野熊精，被活活烧死在锅里了。

第二天，五个女儿心里又起波浪：不回家吧，离开亲娘想得很；回去吧，后父心肠恶得很——左思右想，真是难煞人！

老奶奶见五个女儿为难，便说："这山，是个万宝山，瓜果、蔬菜、药材、粮食……都能出产，我也是个无依无靠的孤老婆子，你们不如留在这里，咱们一块儿过日子吧。"

于是五个女儿便住在这里。野熊精死了，山里平安了。她们和老奶奶一起，一心一志，同心协力，开发万宝山。

她们抓来了野鸭、野鸡、野兔，赶来了野牛、野羊、野猪……尽心饲养，变成了乖乖的家禽家畜。她们用小铲小锄，在山坡上开了荒地，种上小麦种上谷。新开荒地土头肥，又引来山顶清泉水。水足粪饱，锄尽野草，麦苗油油绿，谷子拔节高。满山满坡的庄稼啊，长得格

外好!

她们采来野桑叶，养蚕缫丝；摘来野棉花，纺纱织布。又用野果酿美酒，种下芝麻榨香油，割来藤条编桌椅，砍倒大树盖高楼……吃的，住的，穿的，用的，件件俱全，样样都有。

寒来暑往，过了三年，满山红叶落去，门前桃花又开。五个女儿想念亲人，决定给妈妈捎个信：大姐姐抹下她的铜顶针儿，二姐姐取下她的银手镯儿，三姐姐脱下她的镀金戒指儿，四姐姐摘下她的翠玉耳坠儿；小妹妹拿什么？解下她的锦缎荷包儿。四个姐姐的四样首饰，装在小妹妹的荷包里，又放了几块绸缎碎布，还有一把五谷粮食。包扎好了，叫来了狗娃花花，叫它送到老家去。

自从五个女儿离家以后，山外天气大旱，三年无雨。货郎客生意折本了，货底吃光了，杂货担子挑不成了。箱里没一颗米，柜里没一把面，炉子里生不起火，烟筒里不冒烟。老两口待在家里，唉声叹气。这一天，忽然看见狗娃花花跑来了。狗娃花花摇着尾巴，把口里衔着的荷包交给了妈妈。妈妈打开一看：铜顶针儿、银手镯儿、金戒指儿、玉耳坠儿，还有这锦缎荷包儿，正是女儿们亲身佩戴的东西。妈妈高兴得流下眼泪："啊，我的五个女儿，原来都还活着——这首饰钗环，是说她们身体平安；这粮食碎布，是说她们有吃有穿。狗娃花花，快在前边引路，我立刻去找我的五个女儿！"

货郎客没办法，只好硬着头皮也跟在后面去了。过了九十九个滩，拐了九十九道弯，狗娃花花前面走，把老两口一直领到万宝山。进了万宝山，满坡满沟，尽是好庄田。牛儿叫，羊儿跳，鸡儿、鸭儿、猪儿、兔儿……满山跑，又看见一座高楼大院，盖在半山腰。

"汪汪汪"！狗娃花花叫三声，五个女儿迎出门，又惊又喜说不出话，流着欢喜的热泪，抱住了可怜的妈妈。啊！离开亲娘三年，今日又团圆！

货郎客站在一边，红着脸儿好羞愧，他悄悄叹了口气，心里想："哎，过去的事做错了，今天向女儿们赔个罪，以后再不能做这种蠢事。"

货郎客认错了，我们的故事讲完了。要问五个女儿款待亲人吃的什么饭？有酒有肉，还有千层油饼一大盘。

（汉族民间故事）

# 阿克佬佬的花木碗

狗为人类看守门户，猫为人类捕捉老鼠。它们都是人类最古老的朋友。可是，猫和狗的关系，却相处得很不和睦——一见面就摆出一副相斗的架势。

猫和狗的"仇恨"，究竟是怎样结成的？山南海北，各个民族，都有许多不同的传说。我们甘南草原的藏族，是这样讲的——

猎人阿克佬佬，住在墨曲河南岸。他凭着一张硬弓、一袋飞箭，在西琼山森林里，射猎野牲过生活。阿克佬佬有一只白桦树根挖成的木碗，碗口有三道波浪彩纹，碗面有九朵转花云头，虽然是自然生成的花样，倒比人工雕琢出来的还美丽。

阿克佬佬白天出去，把空空的花木碗放在锅台上。晚上回来，就见花木碗里盛满高高一碗青稞炒面，上面还放一块香喷喷的酥油。阿克佬佬如果射来山鸡野兔，便有一顿丰盛的晚餐；就是打不到猎物的日子，也不愁饿着肚皮。有了这样一只宝贝木碗，阿克佬佬固然欢喜，就连他家里养的一只猫儿、一只狗儿，也分享到好处——它们也都欢喜！于是，猫和狗都尽心竭力地看护着花木碗，千万别让它丢失！

"亲爱的猫弟弟！"狗儿经常嘱咐猫儿说，"当阿克佬佬不在家的时候，你看着锅台，我守住大门。耳朵要竖起，眼睛要睁开——小心不会出大错！"

"妙啊！"猫儿回答，它赞成狗阿哥的主意。

墨曲河对岸，有一个懒汉，名叫独眼加木赞。加木赞不知从什么人口里，听说了猎人阿克佬佬有一只宝贝木碗。这一天，懒汉居然起了个大早，抱着吹胀气的羊皮口袋，凫水渡过墨曲河，一心要偷阿克佬佬的花木碗。他绕着阿克佬佬的篱笆墙院转了一圈儿，看见前门狗儿守着，不敢进来，就在土屋的后墙上，用腰刀掏了一个小洞，把那只独眼对在小洞上，朝屋子里偷看。

"呼噜噜！呼噜噜！"小猫卧在温暖的锅台上，睡得很香甜。独眼加木赞好高兴，就在熟睡的小猫旁边，放着那只花木碗。

墙上的小洞挖大了，独眼加木赞钻进屋里了。他轻手轻脚，偷走了木碗。

"呼噜噜！呼噜噜！"小猫还在睡觉，一点儿也不知道。

太阳落山了，阿克佬佬回家了。狗儿在门口摇着尾巴欢迎，猫儿刚从香甜的睡梦里惊醒。

"妙啊！"小猫望着阿克佬佬提着的一只死兔子，轻轻叫了一声，希望亲爱的猎人，赶快给它一块肉吃。

可是，阿克佬佬的脸色很不好看。他发现锅台上的花木碗不见了！到处寻，到处找，只看见屋墙上透进亮光的圆洞，花木碗却再也找寻不到了！

垂头丧气的阿克佬佬，没心思做晚饭。猫儿、狗儿，也跟着饿了一天。

失去了花木碗，猎人阿克佬佬的生活，突然失去了光彩。他脸上看不到笑影，嘴边听不到歌声；走路腿脚沉重，开弓两臂酸软；常常清晨

36

出门打猎，晚上空手回家；炉灶里不见炊烟升起，屋子里闻不到饭菜飘香。灰心失意的猎人啊，他为丢失了自己的花木碗，感到多么恼恨！

"亲爱的狗阿哥！这样的日子多难过呀！"猫儿向狗儿诉苦说，"既然失去的欢乐永远不复返了，咱们还不如早点离开这里，各自去找一条活路！"

"不！"狗儿回答说，"我们应该想一点儿办法，把阿克佬佬的木碗找回来。"

"可是，到哪儿去找回它呢？"

"我嗅过墙洞的气味，看过河边的脚印，肯定阿克佬佬的花木碗，是叫对岸的贼人偷去了——我们能把它找回来的！"

"可是，前有大水拦路，我们怎样渡过墨曲河呢？"

"不要紧，我会游泳，你骑在我的身上，让我驮你凫过墨曲河。"

"妙啊！"猫儿高兴了，就骑在狗的脊背上。它不费一点儿力，没沾一滴水，安全横渡墨曲河，跟着自己的伙伴，一同登上河北岸。

"你瞧，"狗儿迎风嗅了一会儿，指着加木赞的破庄院，向猫儿说，"花木碗的下落，可能就在这里。"

猫儿说："那么，咱们怎样去寻找呢？"

狗儿说："我平日结怨太多，容易招人讨厌，要是我去寻找，就会叫生人赶出来。有你温良驯顺，人们都喜欢；而且你身体小巧，行动灵便，小洞能钻进去，高房能爬上去——就请你先去侦察一番，看看阿克佬佬的花木碗，究竟藏在什么地方？"

"妙啊！"猫儿满口答应，就照狗阿哥的吩咐，去执行有趣的侦探任务。

这时候，独眼加木赞，和他的懒婆娘，满身大汗，做成了三只木板箱。然后，他把阿克佬佬的花木碗，放进最小的木箱里，锁上三道白银锁；小木箱放进中木箱，锁上三道黄铜锁；中木箱放进大木箱，锁上三道黑铁锁。九把钥匙九道锁，四把钥匙交给懒婆娘，五把钥匙独眼加木赞带在身上。他说：

"我的好婆娘！木箱放在炕头上，从此以后，花木碗就永远成了咱们的传家宝啦！"

两个人这样说着，都高兴得嘻嘻笑了。可他们做梦也没有想到，三层木箱藏宝碗的秘密，早让躲在暗处的"小侦探"看在眼里，记在心里。小猫轻轻跳出屋子，返回原地，把自己的侦察结果一五一十告诉了狗阿哥。

可是，木碗锁在木板箱里，怎样才能把它取出来呢？

狗阿哥，主意多，低头一想，就有了一条计策。它和小猫商量说：

"我刚才从墙缝里瞅见一群老鼠，正在这家的仓房里举行婚礼。它们请来了一位老鼠官儿，主持结婚典礼，你去把那只黑脊梁、短尾巴的大老鼠捉住，叫它想办法从三层木箱里，偷出阿克佬佬的花木碗。"

"妙啊！"小猫连声称赞，满心欢喜。要说捉老鼠嘛，那正合它的脾气。

空空荡荡的仓房里，老鼠们热闹的婚礼结束了。吃得肚皮鼓鼓的老鼠官儿，前有老鼠小兵武装开路，后有老鼠乐队敲锣打鼓，它摇摇摆摆，神气十足，正准备穿过仓房，返回它自己的办公处。

忽然，埋伏在墙角的小猫，腾空一跳，飞扑过去，一口咬住那只黑脊梁、短尾巴的大老鼠。

"快救命啊！"老鼠官儿拼命喊叫，以为它的卫兵，会向小猫发动进攻。

可是，这突然的袭击，把老鼠小兵吓坏了，它们丢了枪，扔了刀，拖着尾巴逃跑了！

"哼哼！"小猫冷笑一声，从牙齿缝里说道，"老家伙！你听着，你要能替我办成一件事，我就饶了你！"

老鼠官儿连声求告说："好好好！行行行！要我办啥事，请您快说明。"

"高房炕头大木箱，三层隔板九把锁，最里面藏着一只花木碗，偷出木碗交给我！"

"是是是，我就去！"

"老滑头，那不行！赶快集合你的老鼠兵；你在这里当押头，任务叫它们去完成！"

老鼠官儿不敢抗拒，吹口哨，喊口令，好容易招来老鼠兵，向它们下达了破箱取碗的动员令。

这时候，天已经晚了。独眼加木赞和他的懒婆娘，呼噜打得如雷响，早已睡得像死猪一样。别看老鼠小兵不会打仗，咬箱子，偷东西，可都是内行。只听哩哩嚓嚓一阵响，三层箱板全被咬破了，花木碗被拉出来了。它们扛着，抬着，送到小猫面前来了。

"妙啊！"看见花木碗，小猫高兴了，开口叫了一声，老鼠官儿逃跑了。小猫没追没赶，宽大了老鼠官儿，就衔着阿克佬佬的花木碗，把胜利的消息，报告给自己的伙伴。

十五的圆月亮，照着墨曲河，墨曲河上闪银波。河面上凫着狗儿，狗身上骑着猫儿，猫儿口里叼着花木碗，它俩兴高采烈，登上河南岸。

墨曲河畔的纺织娘、呱啦板、金钟儿、老蝈蝈……听到猫和狗凯旋的消息，一齐从深草丛里飞出来，蹦出来，奏着乐器，唱着歌儿——热烈祝贺这两位朋友的胜利！

可是，夜已经很深了，阿克佬佬锁了前门，堵了墙洞，这两个伙伴，都回不了家了。

"汪汪汪！开门来！"狗儿连叫了三声，阿克佬佬没有听见。

"亲爱的狗阿哥！"小猫说，"让我叼着花木碗先去报信，阿克佬佬就会打开门儿，迎你进去。"

"去吧，我在外面等着。"

猫儿跳过高高篱笆墙，穿过门洞进了房。月光照到天窗口，满屋亮堂堂，只见阿克佬佬和衣躺在床上。不幸的猎人啊，就是在睡梦里，也还在唉声叹气！

"妙啊！"小猫把木碗放在床头，对着阿克佬佬的耳朵，亲热地叫了一声。

阿克佬佬惊醒了，他借着月光，看到木碗了。一骨碌翻起身，花木碗双手捧，他流着欢喜的眼泪，自言自语地说："哎！哎！我是不是正在做梦？"

"亲爱的好人！你不是做梦，"猫儿对阿克佬佬说，"你的宝贝花木碗，是我费了千辛万苦，从贼人手里夺回来的！"

阿克佬佬一听，更加高兴。他连连亲着小猫，十分感激地说道："我可爱的小猫，你真是立了最大的功劳！"

阿克佬佬说着，抽刀剖出一只野鸡的心肝，奖赏给小猫。

"妙啊！"小猫看着那带血的鲜肉，献媚讨好地说了句藏话："阿克佬佬珍欠包！"[1]

小猫吃饱了，把糊脏了的脸儿洗净，又念了一阵咕噜经，就在温暖的锅台上睡着了。

第二天清晨，阿克佬佬打开柴门，却见浑身湿透的狗儿，站在门口摇尾巴。阿克佬佬一见，压不住心头火起，他抬腿踢了狗儿一脚，骂道："没良心的狗东西！你又到哪里闲逛了一夜？叫你看守门户，倒让贼人偷了东西；要不是可爱的小猫辛苦寻找，我的宝贝木碗就永远丢失了！"

阿克佬佬骂着，不容狗儿分说，就用一条大铁索子把狗儿拴住。每顿吃饭，两样待遇：猫，经常享受到好食肥肉；狗，只能喝喝涮锅水，啃啃光骨头！

从此以后，狗一见猫就生气，恨不得一口把它咬死。猫见了狗，也连忙躬起脊背，奓起胡子，嘴里念念有词，做出不甘示弱的样子。

小朋友！这就是"猫狗相仇"的故事——信不信由你。

（藏族民间故事）

---

[1] 阿克佬佬珍欠包：藏语里"求情""讨好"的口头俗语。珍欠包：藏语，意思是感激不尽。

# 白兔姑娘

大夏河流过的地方，有一座麦芽山，山前山后，居住着回族人民。麦芽山底下，有一条长长的小洞子，从山前直通到山后。人们把前山的泉水引进洞口，就从后山流出来。大家都把这洞叫作"兔儿洞"。相传，这是一个"白兔姑娘"打通的 —— 那是好多年以前的事了。

麦芽山前，有一家人家，生了个聪明美丽的姑娘，名叫艾伊莎。艾伊莎的阿妈，非常信奉胡大[1]。她常常带上自己的女儿，到礼拜寺里听阿訇[2]讲经。这个阿訇的络腮胡子都有点花白了，可是，他却看中了十三岁的小姑娘艾伊莎。一百两银子作聘礼，糊涂的阿妈呵，竟答应了这门亲事！

艾伊莎心里难过极了。她牵住阿妈的衣襟，跪在亲娘的脚下，哭着说："阿妈啊，女儿小小年纪，对婚姻事一点儿不懂。先别忙着把我许配给人家吧！我实在怕那老阿訇！"

"胡说！"阿妈不等艾伊莎说完，大声喝道，"你还小吗？我十四岁就结婚了 —— 说到阿訇，那是胡大派到人间的使者，活着能跟他享厚福，死了能同他上天堂，你为什么不欢喜？"

艾伊莎拗不过阿妈，只好郁郁寡欢，等待着那可怕的时刻。

---

[1] 胡大：真主。
[2] 阿訇：清真寺讲经的教职人员，在教民中具有很高的权威。

一年、两年过去了，艾伊莎长到十五岁了。阿訇通知：就在今年的尔德节[1]后，举行婚礼。

但是，没想到阿訇在过尔德节的时候，贪吃了教民奉敬的油饼、肥羊肉，得了难治的夹食伤寒，病在床上起不来了。他自己也感觉到活不长久，便把艾伊莎的阿妈叫去，吩咐说："胡大现在身边缺人，要我回天堂去陪伴他。艾伊莎是胡大做主配给我的妻子。在我升天之后，你当然不能把她另许人家，一有机会，我要来度她上天堂。"

不久，阿訇果然"回到天堂"——死了。

阿妈牢牢遵守这个遗嘱，在老阿訇"升天"的第二天，就把女儿艾伊莎锁在房后的小院子里，等待女婿来度她上天。

小小后院，四堵高墙，霉苔斑烂荒草黄。两间阴暗的小土屋，就作为艾伊莎的卧房。一道腰门，隔断里外院，门上加上闩子，闩上挂上锁子。阿妈每日给女儿送三次饭，饭罐儿从门洞洞里递进去，还要说：

"艾伊莎，不要胡思乱想，好好念经啊！"

一个活泼泼的小闺女，被关在阴沉沉的"监牢"里，艾伊莎哪有心思念经。当她烦闷极了的时候，就随口编几句"花儿"，低声漫唱。口里唱着花儿曲，心里想着自己悲惨的遭遇，那眼里的眼泪，就忍不住扑簌簌流下来了。

这孤寂的小院里，还有一只黑毛老兔子，不知在这里活了多少年，如今连路都走不动了。自从艾伊莎搬进小院里，老兔子便成了她最亲近的朋友。

---

[1] 尔德节：伊斯兰教徒按回历计算的年节。

艾伊莎每次吃饭，总要把老兔子叫来，捞一些面条、菜叶给它吃。晚上，就让它睡在她的脚头炕上。白天，她烦闷的时候，常常向老兔子诉说她心里的怨愤和不平。那老兔子，真像能听懂人言似的，竖着耳朵，不住地点头叹气。

有一次，艾伊莎对老兔子说："兔子呵，兔子！我年纪轻轻，难道能这样度过一生？可是，门上吊大锁，四面有高墙，我怎能够跳出这牢狱，得到人间的幸福？"

那老黑兔子望着艾伊莎，眨了眨通红的眼睛，忽然开口说话了："好姑娘！只要你有毅力，就能够逃出牢狱，得到自由和幸福。"

兔子会说人言，多么奇怪！艾伊莎又惊又怕，站起身就要逃开。

"姑娘，别害怕！"老兔子语气和善，就像一位慈祥的老人，"我在这小院里，生活了整整一百年。眼下，我的寿命将尽了。在我临死之前，我要帮你一点儿忙。"

老兔子说完，从屋角什么地方，衔来了一件白兔皮小褂子，放在艾伊莎的脚边，说："姑娘！这是我赠给你的一件小小礼物。你穿上这件皮褂子，就会变成一只白兔。你可以在这间小屋的炕沿下，打一个洞，先向下打七尺三，然后一直向南，穿过麦芽山。洞子要打多么长？要打九里又零三十丈。什么时候你打通这个洞子，那就是你出头的日子！"

"可是，我变成了小兔儿，阿妈送饭叫我的时候，该怎么办？"

"只要你脱下兔皮褂儿，仍然是一个姑娘。"

"可是，我怎么知道，洞子打了多深多长呢？"

"皮褂兜儿里有一个绒线球，你把绒线的一头，拴在这面洞口上，之后你就带着球儿向里打；什么时候绒线绽完了，那就是到你该出头的

地方了。"

"可是，打洞挖出来的泥土，又在哪里堆放呢？"

"聪明的姑娘！这小院里，不是有一条小溪穿过院墙、长年流着吗？只要把泥土倒进溪沟里，流水就会帮你把它带向远方。"

"好心的兔子，谢谢你！如果我照你指示的办法，获得自由幸福，我将永远感激你！"

老兔子又说："记住，姑娘！打通一条通向幸福的道路，那可不是一件容易的事！你必须要有很大的耐心，艰苦地劳动，熬过很长的岁月，才有希望得到成功……"

就在这天夜里，老兔子死了。唯一的同伴永别了，艾伊莎很悲痛！第二天，她在院子中央，太阳的光辉能够照到的地方，挖了一个小坑儿，流着眼泪，把老兔子埋葬了。

艾伊莎试着穿那件兔皮褂儿，刚披到身上，觉得身子忽地一缩，转眼之间，已经变成了一只白兔儿。摇摇头，头顶上有两只长耳朵；看看身上，一片雪白的绒毛；身体轻轻的，跑得很快，跳得很高；脚爪利利的，地上抓几抓，就是一个坑儿。白兔姑娘，心里多么高兴，就在老兔子指示的地方，开始打洞。

该吃饭的时候了，阿妈在门外喊："艾伊莎！取饭来！"

白兔儿慌忙从洞洞里跳出来，应道："阿妈，来了！"

一面答应，一面脱下兔皮褂儿，仍然是艾伊莎姑娘……

洞子里像冰一般冷，洞子里如墨一样黑，掘土挖砂，两只脚爪磨出了血！每次爬出洞口，眼睛发花，身体发软，就像害了一场病！可是，白兔姑娘艾伊莎，一点儿也不灰心。她想着洞子一打开，就能重见天日，得到自由幸福，便忘记了痛苦，浑身平添无限精力！

树上的叶子，绿了又变黄，院里的荒草，枯了又生长。南归的大雁从天空飞过，布谷鸟忽然又唱起春天的歌。日月像小溪里的水，缓缓流去。白兔姑娘艾伊莎，日夜钻在山洞里，辛劳艰苦地工作着。绒线球儿越绽越小了，洞子越打越深了，她的希望也就越来越大了。

有一天，她在洞子里面，挖出了一个硬邦邦的东西，摸着圆碌碌的，敲着响当当的—— 是一只瓷坛子。揭开坛口儿，光华闪闪，里面装着满满一坛雪花白银子。白兔姑娘在洞子旁边挖了个小偏窑，把那坛银子好好收藏起来。

一年又一年，白兔姑娘艾伊莎，打洞子打了整三年。打通一座麦芽山，从前山直通到后山。绒线球儿绽完了！受难的姑娘呵，该是她出头的日子了！

可是，地洞里仍是一片黑，她不知道这到了什么地方。

白兔姑娘向上挖，地面挖穿了，洞口打开了，亮光一闪，照得她眼睛都花了。房间里的空气暖暖的，灶火里的火焰红红的。叮叮！当当！切刀、擀杖响，一个白发苍苍的老阿奶，正在和面做饭——哦，原来这是人家的厨房。

洞口正开在墙角里，墙角里堆放着干劈柴。白兔姑娘藏在柴堆后面，对这新的环境，仔细观看。

那位和善的老阿奶，一面手忙脚乱地做饭，一面自言自语地说：

"……太阳都偏西了，该是我阿布多回家的时候了！我的锅还没有烧开，面还没有和好，孩子进门，吃不到一口现成饭……唉，老了，不中用了！有个能干的媳妇就好了……"

正说着，从远处传来"丁零丁零"的铃声。接着，牲口蹄儿踏着地面，"咯噔咯噔"走近。老阿奶丢下手里擀面杖，说着"听啊，他已经回来了"，便慌忙迎出去了。一会儿，老阿奶和一个身材高大、样子干洒[1]的年轻人走进屋里来。老阿奶还不住地给他拍去身上的灰土，一面说："饿了吧？渴了吧？看阿妈还没有把饭做好——来，先泡个盖碗茶给你喝……"

"阿妈，别忙！"年轻人笑眯眯地掏出一个纸包，说，"在河州城里给您买了个'盖头'[2]，您看好不好？"

老阿奶接过纸包打开，包儿里抖出一领纱头巾，像雪一般白，像烟一般轻。

"啧啧，上等料子！"她仔细看着，满脸是笑，"我的娃真孝敬阿妈，又给我买来这么好的东西——唉，就是太费钱了！"

年轻人说："阿妈，这一趟赶脚生意好，得了一两银子三串钱。"

"胡大保佑吧！"老阿奶说，"你能多跑几趟好生意，存几个钱，也该攀个媳妇了！"

"阿妈，您又说这个了！"年轻人笑着，蹲到灶火跟前，帮着烧火，一面把河州城里见到的新鲜事，说给阿妈听……

白兔姑娘躲在柴堆后，看得清清楚楚，听得真真切切。看着这母子俩的亲热幸福，想着自己的孤寂痛苦，忍不住轻轻叹了口气。她忽然记起，这早晚该是阿妈送饭的时候了，便急忙从地洞里跑回来。刚跳出洞口，就听到自己的阿妈在门外恶狠狠地喊叫："艾伊莎，死丫头！给你

---

[1] 干洒：精干漂亮。
[2] 盖头：回族妇女的长头巾。

送饭来了，听不见吗？"

"阿妈！我就来了……"白兔姑娘答应着，一面连忙脱下皮褂儿。

从此以后，艾伊莎常常穿上兔皮褂儿，钻过山洞，躲到老阿奶家的柴堆后面，暗中察看那娘俩儿的生活，她感到愉快，感到羡慕，感到欣慰。

过了几天，她对他们已经很熟悉了。那老阿奶，多么和善热情。那年轻人，多好的脾性！可是，她怎么也不敢走出洞来，和他们见面。有时候，恰巧他们娘俩都不在家，艾伊莎就大着胆子，脱下兔皮褂儿，一个人在厨房里，洗洗锅碗，扫扫地，或者给饿得乱跑的鸡儿撒几把秕粮食……她能帮助老阿奶家里做一点儿事情，心里觉得特别快乐。

时间一长，老阿奶感到很奇怪。她对儿子说："娃呀，我好几回不在家，是谁替代我洗锅扫地，还把碗盏家具摆得整整齐齐？"

阿布多回答："阿妈，一定是您自己做过的事情，过了半天又忘了。"

"也许是吧——我真老糊涂了！"

白兔姑娘听着，心里暗暗好笑。

有一天，吃过晚饭，阿布多脱下自己的破布衫，说："阿妈，您给我把这衣裳补一补吧。"

老阿奶接过布衫，说："好，等阿妈明天给你补吧。唉，老了，灯底下做不成针线活儿了！"说着，顺手把布衫搭在窗台上。

不料，第二天老阿奶要补这件衣服，再也找不到了。

"真是怪事！"老阿奶咕哝着说，"不管哪个笨贼，也不会偷这么一件破衣裳——它自己飞了？"

三天之后，阿布多赶脚回来了。

"阿妈！"他问，"我的布衫补好啦？"

"唉，别提啦，还没补就丢啦！"

"阿妈真会说笑话！我早就看见了，那不是我的布衫吗？"阿布多笑着，用手向窗台上一指。果然，那旧布衫儿，洗得干干净净的，补得平平整整的，折叠得方方正正的，摆在那里。

老阿奶一见，不觉惊得呆了："哎呀！不得了，我们家里出了天仙了！……"阿布多听阿妈说明，心里也很惊疑。

又过了几天，阿布多出门赶脚，毛驴儿被官家拉了差，驮着很重的垛子走山路。天下雨，路面滑，毛驴儿腿一打软，溜下山坡，跌死了。阿布多孤身一人回家来，听不见铃声"丁零丁零"响，只背回毛驴皮一张！穷脚户靠一头牲口过生活，毛驴儿死了，好像砸了吃饭锅。阿布多娘俩，唉声叹气，忧愁得连饭也吃不下去了！

第二天清早，老阿奶愁出了病，睡在炕上，起不来了。阿布多来到厨房里，想给阿妈烧碗开水。他刚推开厨房门，忽然，眼前一亮，看见锅台上，明晃晃地放着一个大元宝。

怪事一桩连一桩，这绝不是偶然的了！

"娃呀！"老阿奶说，"这一定是胡大可怜他的穷教民，给我们送来了救命的财宝！"

阿布多想了一阵，说："阿妈，天下的穷教民千千万万，胡大不会把元宝单单送给咱家——依我看，其中一定另有缘故。"

聪明的阿布多，想了一条妙计，决定揭穿这个隐谜。他叫阿妈不要起身，仍然呻吟着。阿布多自己装成愁眉苦脸的样子，走进厨房，假意寻找什么东西，一面自言自语地说："唉！真是不幸啊！尕驴刚死过，阿妈又病了。我得赶快上寺院里送海底叶[1]，拜求都阿[2]。要是在我回来以前，有人能帮我升着炉灶里的火，烧开一锅水，和好一些做饭的面，那就好了。"停了一会儿，他又说："嗨！我真是胡思乱想呢！阿妈病得昏昏沉沉，家里再没一个亲人，还有谁帮助我这个可怜人啊！"

他这样咕哝着，换了一双麻鞋，背了一条褡裢子，提着三环鞭子，倒锁上厨房门，脚步声腾腾地响着，出了大门，走远了。

白兔姑娘艾伊莎，躲在柴堆后面，听得清清楚楚。

"唉，真是个可怜的人呵！"她感叹着想，"除了我，还有谁来帮助他呢！"

她估计阿布多已经走远了，便放胆走出来，脱下兔皮褂儿。好姑娘，真精干，手脚麻利不慌乱，灶里生着火，锅里水添满，又洗净双手和白面。揉白面，扯白面，白面一扯千条线。手里干活心头喜，阿哥回家，让他吃顿现成饭……

阿布多娘俩，悄悄躲在门外，从门缝缝里看得清清楚楚。当白兔姑娘一转身的时候，突然，"砰"的一声，门推开了，两个人闯进屋里来了。阿布多眼疾手快，伸手一把，先把兔皮褂儿抢到手里。艾伊莎"哎呀"惊叫一声，稍微愣了一下，便不顾一切，扑上来要夺她的兔皮褂儿。老阿奶拉住艾伊莎的手，笑眯眯地说："请不要再穿这件皮褂儿了吧，仙女姑娘！你和我的儿子，是天配的姻缘！"

姑娘的脸红了，慢慢地低下头去。

"阿妈！"她低声说，"我不是仙女，我是人……"

---

[1] 海底叶：教民奉献给阿訇的财物。
[2] 都阿：祈祷。

艾伊莎把自己悲惨的遭遇，从头细说了一遍。说到伤心处，那眼睛里的泪珠儿，便忍不住滚落下来。

"好姑娘！"老阿奶说，"你就别回去了。我的阿布多今年二十岁，他虽然是穷人家的尕娃，可是一个实心热肠的好人啊……你就住在这里吧！"

"阿妈，我听您的话！"艾伊莎答应了。

没用媒人撮合，没叫阿訇念经，这两个年轻人，悄悄地结成了夫妻。艾伊莎把地洞里藏的银子全搬出来，买了三头好骡子。娘仨过着勤劳幸福的日子。

至于艾伊莎的亲阿妈，直到她死的时候，都以为自己的女儿，真是被那络腮胡子的老阿訇，度上天堂去了。


（回族民间故事）

# 米拉尕黑

在古老的年代，玛瑙河对岸，是一片森林。森林边上的村落里，有一个名叫米拉尕黑的年轻人，他是一个出色的猎手。

论气力，米拉尕黑能和野熊摔跤。

论人才，米拉尕黑像天神一般英俊。

论性情，米拉尕黑像一个温柔的少女。

米拉尕黑的弓箭，百发百中，蓝天上飞得最高的大雁，森林里跑得最快的梅花鹿，只要在他眼前闪过，都逃不脱猎手的飞箭。

有一天黄昏，米拉尕黑到村外草地上散步。月明，花香，松涛应和着河水声，这是一个美妙的夜晚。年轻的猎手心情很愉快，他想拉开他的宝弓，在月光下射一支箭。可是，眼前既没有飞鸟，又不见野兽，他的箭绝不能空射。

米拉尕黑踌躇了一会儿，猛一抬头，看见了东方天上的明月。

"啊！"他想，"人们说，月亮是造物主用宝石磨成的一面镜子，我何不射它一箭，听听它会发出什么声音！"

他觉得他这个想法很有意思，所以他就仰天射出了一支箭。飞箭离弦，直向明月奔去，"铮"的一声，射个正着。那支箭，被坚硬的月亮折断了；可是，明月的中间，也被箭头射下来一小片——直到现在，我们还看得见月亮上有一块暗影。据说，那就是受了箭伤的缘故。

奇妙的事情，就从这里出现了：米拉尕黑弯弓射月的同时，在另一个地方——戈斧山上，有个名叫海迪娅的姑娘，正坐在自己卧室的窗口，笑眯眯地看月亮。她的面影映照在月亮中间，好像镜子里的人影一样清晰。米拉尕黑的飞箭射下一片月亮的瞬间，那姑娘照在上面的影像，没有来得及消失，就被带着飞落到地面。

米拉尕黑得到了一面月光宝镜。镜子里，是一个美丽的姑娘的面影：两只水汪汪的眼睛，含着脉脉深情；嘴角边，还挂着一丝甜蜜的笑意，仿佛只要叫她一声，她就能从镜子里走出来。

米拉尕黑好好收藏着这面宝镜，每当没人的时候，就取出来抚摩把玩。他多么喜爱镜子里的这个姑娘啊！他低声地呼唤她，希望姑娘能从镜面上走出来，对他开口说话。可是，镜子里的姑娘，却总是那么深情地微笑着；她那对美丽的眼睛，眨也不眨动一下。

米拉尕黑很苦闷！

森林那边，隐居着一位学问高深的老人。人们每有疑难苦恼，就去请求他帮助解脱。米拉尕黑也去拜访了这位老人。他向老人说明了得到宝镜的经过，并希望镜子里的姑娘能像真人一样，出现在自己的身边。

"年轻人！"老人微微笑着，回答说，"留在你镜子里的，不过是一个幻影；你要想见到真人，请到西方去寻吧。因为当你弯弓射月的时候，月亮刚从东山升起不久；只有在它相反的方向，才能照下了这个姑娘的面影。"

米拉尕黑觉得老人的判断很有道理，于是他背了他的弓箭，渡过玛瑙河，一直向西方走去。年轻的猎手下定决心，寻访不到他心爱的姑娘，决不回头！

米拉尔黑旅行了很多日月，跑遍沿途城镇村庄，见到的姑娘真不少，可惜，没有一个和镜子里的人影相像！

这一天，米拉尔黑来到一座山前。在一条弯弯曲曲的小溪边，他看见有一个姑娘正在取水，木桶儿都舀满了，但她且不担着回去，却坐在一块青石上，解开她乌黑的长发，在清清的流水里濯洗。

猎人的眼睛是最敏锐的。米拉尔黑从很远的地方，就看清，这担水的姑娘，正和那镜子里的人影儿长得一模一样。

米拉尔黑好欢喜啊，他终于找到了心爱的姑娘！

清溪岸畔，有一株茉莉树，树梢枝头，正开出几朵灿灿的白花。那个姑娘恰恰坐在这株树下，她洗过了长长的黑发，一面仔细地编着发辫，一面仰起头来，看着树上的花朵，信口唱起一支歌儿来。她唱道：

溪水是明镜呵，青石作妆台，

不抹脂粉不愿插金钗。

编起一把辫子长又长呵，

猛抬头几朵花儿争先开；

茉莉花儿白呵，茉莉花儿香，

对对蝴蝶儿绕花飞。

我心想有一朵茉莉花儿戴，

攀不着高枝儿该怎么采？

米拉尔黑虽然站在远处，姑娘的歌声却听得清清楚楚。他想，应该帮姑娘采一朵花儿，于是，他取下宝弓，搭上羽箭，看准茉莉树梢开得最好的一朵花儿，射了一箭。"嗖"的一声，花梗断了，花朵落下来了，端端落在姑娘的手里。姑娘一惊，抬头向远处望过去，只见一个拿着宝弓的年轻人，笑眯眯地向她走来。

这个姑娘正是戈斧山上的海迪娅。自从那天晚上，她在自己的窗口，看了一会儿月亮之后，就常常在睡梦里，梦见一个年轻人，捧着她的脸儿望着她。想不到，这梦中熟识了的年轻人，真个在光天化日之下出现了。姑娘的心，剧烈地跳动起来……

米拉尕黑来到海迪娅的家里，他双手捧着月光宝镜，恭恭敬敬地递给姑娘的阿妈。

"阿妈！"他说，"这面宝镜，就是最好的媒证；请把您的女儿许配给我吧，我用最纯真的心，和她终生相爱！"

阿妈接过镜子，看看米拉尕黑，看看自己的女儿，又看看镜子里的人影，不觉脸上堆满了笑容："胡大啊！"她说，"这是天配的姻缘——我祝福你们幸福美满！"

月光宝镜作聘礼，阿妈亲手把宝镜交给海迪娅好好收藏，约定明年茉莉花再开的时候，举行婚礼……

这一年很快过去了。第二年，茉莉树上，花蕾含苞，繁花又将盛开了。戈斧山上，玛瑙河畔，米拉尕黑和海迪娅的家里，同时忙着准备即将举行的婚礼。就在这个时候，意外的事变发生了！

边地的战鼓响了，扰乱了人民的和平生活，外来的敌人侵犯国境，占领了康通巴咋[1]，国王发出动员令，号召全国青年，去抵抗入侵的

---

[1] 康通：地名。巴咋：东乡语，"城"的音译。

敌人。

米拉尔黑跨上战马，来向海迪娅辞行。

这是一个夏天美好的早晨，海迪娅正坐在窗前，对着月光宝镜梳妆。当她突然听到米拉尔黑出征的消息，心里吃了一惊，捧在手里的那面镜子，失手滑落地面，跌成两半！

"亲爱的海迪娅，请不要惊慌！"米拉尔黑说，"等我把敌人赶出康通巴咋，再来举行我们的婚礼！"

"去吧，亲爱的米拉尔黑！"海迪娅说，"胡大保佑，我等着你胜利归来！"

分成两半的月光宝镜，海迪娅留了一半，另一半交米拉尔黑带在身边。他们再度相会的时候，宝镜将会重圆。

血战三年，出生入死，米拉尔黑的神箭射杀了无数的敌人，获得了巨大的战功。他还得到了一匹神奇的坐马，名叫风雷千里驹。入侵的敌人被赶出国境，康通巴咋收复了，保卫祖国的战争赢得了胜利！

国王亲自主持了庆祝胜利的宴会，让身经百战的英雄米拉尔黑高高坐在第一排席位上，国王亲手为他倒了一盏茶。

"英雄！请饮了这盏茶！"国王说，"为了你的战功，我愿把我亲生的女儿配你为妻。"

宴会上，立刻引起一片欢腾的祝贺声——英雄配公主，这真是天大的喜事！

可是，米拉尔黑不敢去接国王手里的那盏茶，他难过地低下了头。

国王很奇怪，便问："年轻人！你为什么不敢接受这盏茶？"

"陛下！您对我的器重，我是万分感激！"米拉尔黑说，"只是，在我的家乡，另有一个姑娘，正等待着我胜利归去！”

宴会在不欢中散了。

第二天，国王又在内宫里，召见了米拉尕黑，公主也坐在国王的身旁。

国王说："这便是我的女儿。年轻人，抬起头来，看看她！你家乡的那个姑娘，可有公主美丽？"

盛装的公主，的确像花朵一般美丽！

国王又说："只要你一句话，你就成为荣贵的驸马。为了你的战功，我还要封你做镇守康通巴咋的将军。"

米拉尕黑不说话。

"你敢违抗我的旨意，我要立刻砍下你的脑袋！就这样两条路，由你自己选择！"

米拉尕黑痛苦地抬起头来，决断地说："陛下！我宁肯做一个断头冤魂，不愿当一位负心将军！"

国王传下命令，把米拉尕黑关押在监牢里，再给他一夜考虑时间，如果仍不回心转意，明天将送他上断头台！

自从米拉尕黑出征之后，戈斧山上的海迪娅姑娘，日日夜夜想念着米拉尕黑。她盼他早日打败敌人，转回家乡。每当月亮升起的时候，她总要坐在自己的窗口，对着月亮，低声祷祝："月亮啊！你从前曾经把我的影子，带给米拉尕黑；现在，再请你把我的问候和祝福，带给他吧！"

一年、两年过去了，康通巴咋路远山遥，海迪娅姑娘得不到一点儿有关米拉尕黑的消息。第三年——也就是战争快要胜利的这一年，海迪娅有一次到山下担水，看见树上茉莉花又开了，不觉想起她和米拉尕黑最初见面的情景。她坐在树下，想得出神。就在这时候，有个财东的少爷，骑着马从这里经过，他一眼就看中了海迪娅，第二天，便差了媒人来说亲。

"恭喜您！"媒人向海迪娅的阿妈说，"您的姑娘多么幸运，她马上就会有一个显贵的女婿。您如果知道他的名姓，您会高兴得流下眼泪来——他就是苏拉乡马老爷的少爷马成龙。您能够和这样的人家攀着亲戚，全是胡大的恩典！"媒人指手画脚，夸耀着马成龙家庭的富贵：他家的金银珠宝，是用大斗来量的；他家的牛羊牲畜，没有办法数清数目；他家的田地，骑上快马跑三天，还到不了尽头……

阿妈听完了媒人的话，淡淡地一笑，说："谢谢马家少爷的抬举，谢谢你为我的女儿来说亲，可是，我和我的女儿，都不能答应这头姻缘。因为，她已经有了一个未婚的女婿。"

亲事没有说成，马成龙很焦急，他接二连三又请了许多更有脸面的人来求亲。海迪娅家的门槛，都要被媒人踩断了，聘礼的数目，一次比一次多。最后来的一个媒人说：只要能答应了亲事，马成龙少爷愿意用白玉造一座桥，黄金铺一条路，用镶满珍珠的轿车，迎娶新娘子……

媒人的纠缠使阿妈心烦了。她说："那么，去问我的女儿吧；只要她答应了，我是能够同意的。"

媒人试着去问海迪娅。

"请回去告诉马家的少爷吧！"海迪娅说，"寻常的金银珠宝，买不转一颗坚贞的心；除非他能让十五的月亮，从西山升起，落到东山，海迪娅将会答应嫁给他！"

马成龙还不死心，便去找一位极有法力的阿訇。如果阿訇能叫海迪娅嫁给他，他会给寺里一笔巨大数额的布施。

阿訇先让他写下了捐款数目的字据，然后给了他一壶茶。

"拿去吧，"阿訇说，"只要你能使她母女尝一尝这壶里的茶，那么，你的愿望就可以实现了。"

胜利的消息传来了，人们到处传说：康通巴咋下，敌人怎样向国王叩头求降……海迪娅高兴得流出了眼泪。

"阿妈！"她激动地说，"米拉尕黑，他——就要回来了！"

"是的，孩子！你们马上就会团圆了！"

正在这时候，有一个军人打扮的人，来到海迪娅的家里。他把一壶茶，放在桌上，对海迪娅母女说："这是米拉尕黑从康通巴咋带给你们的礼物，他叫我亲手交给你们。为了庆祝胜利，请你们饮完这壶茶，他不久就要回来和你们团聚……"

海迪娅母女很高兴。这恰巧又是一个美好的十五的晚上，从东方升起的一轮圆月，比平常更为明亮。她们对着明月，斟下了那壶里的茶，举起茶杯，互相祝贺："孩子！为了这大喜的日子，我们来同饮一盏茶吧！"

"阿妈！我感到多么幸福啊！"

于是，她们快快乐乐喝下了一盏茶。立刻，她们感到一阵恶心，天旋地转，失去了知觉。许久许久，她们才从一阵迷惘中醒过来。可是，她们完全失去了记忆能力，从前做过的事，说过的话，全都忘记了！

阿妈愣愣地望着摆在桌子上的茶壶茶杯，惊讶地说："孩子！是谁在这里饮茶呀？"

"阿妈！我怎么知道呢？"海迪娅回答，"我一点儿也不明白，我们为什么坐在月亮底下？"

第二天，马成龙家的媒人又来了。

"阿婶子！听说你家有个姑娘，我来为她保个好女婿——他就是苏拉乡的马成龙少爷。"

"是啊！"阿妈说，"我真糊涂，海迪娅已经这么大了，为什么我还没有给她寻下一个女婿！"

媒人狡猾地笑着，说："现在也不晚，她马上会有一个好女婿了。一言为定，明日就送来聘礼。"

"好吧！我想我的女儿也会同意的。"阿妈叫来了海迪娅，说："就答应了他们吧，你也真该出嫁了。"

海迪娅回答："这叫我怎么说呢，我什么也不明白！……"

马成龙家抬来了隆重的金银彩礼，约定三日之后，迎娶新娘子。

米拉尕黑在康通巴咋的监牢里，被押了一夜。他坚定的意志，丝毫不能改变。他被推上了断头台。在临刑前的一刻，国王最后一次对米拉尕黑说，如果你现在能答应和公主结婚，马上就会得到赦免。

米拉尕黑摇摇头，闭上了眼睛。

国王长长叹了一口气，发布了行刑令。刽子手举起了雪亮的钢刀……

"慢着，慢着！"公主牵住了国王的龙衣，跪在他的脚下，哀求道，"父王啊！请赦免了这个年轻人吧！让他去和他心爱的姑娘团聚吧——他是一个多么令人钦佩的好人啊！"

米拉尕黑忠贞勇敢，国王心里本来也很钦佩，如果执意杀死这样一位有功于国的英雄，说不定会引起人民的公愤；况且，又有公主出面求情，他也就不愿再杀他了。于是，米拉尕黑终于得到了赦免。

米拉尕黑跨上他的风雷千里驹，从康通巴咋出发，向家乡赶来，宝马如飞，归心似箭，十八马站的途程，只用了一天，就回到戈斧山。

这时候，海迪娅和阿妈，都在家里缝制出嫁的衣服。米拉尕黑走进来了。

"阿妈！您好！"他兴奋地说，"海迪娅！我终于回来了！"

可是，阿妈和海迪娅，都用愣愣的眼光望着他。仿佛站在她们面前的，是一位素不相识的生人。

米拉尕黑一见这种情形，十分惊讶，他只好再向她们说："米拉尕黑从康通巴咋回来了！相别三年，难道你们就认不得我了？"

"是的，年轻人！"阿妈淡淡地回答，"我真是记不得和你有什么交情。"

米拉尕黑真急了，他上前拉住了海迪娅的手，说："亲爱的海迪娅！你怎么不说一句话啊？难道你也会忘记了我们过去的爱情？"

海迪娅害羞地缩回了她的手，睁着疑惧的眼睛，向米拉尕黑说："请你不要这样吧，年轻人！你说的话，我一点儿也不明白！"

阿妈接着说："我的女儿，她已经有了女婿——他就是苏拉乡的马成龙。明天，她就要出嫁了。年轻人啊！想是你认错人了吧？"

米拉尕黑痛苦失神地发了一阵儿愣。他没有别的理由来解释这种意外的变故，他只能这样想，海迪娅变心了！既然是这样，还有什么话可说呢？于是，他叹了一口气："唉！人心真是难保啊！"

米拉尕黑牵了他的风雷千里驹，无精打采地走下戈斧山，回到玛瑙河畔的家乡。第二天，为了排解心头的烦恼，他又去拜访了森林那边隐居的老人。

"年轻人，你不能怨恨那姑娘和她的母亲！"老人对米拉尔黑说，"从你刚才叙说的情况判断，她们一定是误饮了迷魂茶！"

"啊！迷魂茶？——是谁给了她们这种东西呢？"

"用不着多加猜测，一定是想和你争夺那位姑娘的什么马成龙，因为他在正常情况下得不到姑娘的爱情，他才采取了这种办法。"

一经老人点破，米拉尔黑完全明白了。可耻的马成龙啊，他用狠毒的诡计，毒害了海迪娅纯洁的心！

"怎么办呢？他们明天就要把海迪娅骗走了！难道能把这样一个好姑娘，送到恶徒的手里去吗！"米拉尔黑心里非常难过。他跪倒在老人面前，请求他指示一种解救的办法。

"这是很难解救的。"老人说，"迷魂茶蒙蔽了姑娘的心灵，她将会在糊糊涂涂中过上一辈子。不过，你还可以去试试，如果你能用她记忆中最深刻的印象去提醒她，也许一下子会明白过来……"

时间是如此紧迫，米拉尔黑连一刻也不敢延迟，他跨上他的风雷千里驹，飞一般向戈斧山上赶去。他来到海迪娅家的门前时，只见张灯结彩，人声喧嚷，新娘子已经被抬到镶满珍珠的轿车上；赶车人从槽头牵过一匹大马，正要套进车辕。米拉尔黑跳下马来，风雷千里驹忽然仰起头来，长长地嘶鸣了几声。立刻，所有的马，听了宝驹的鸣声，腿子都软了。那匹套在车里的马，"扑通"一声，卧倒在地下，任凭鞭子抽打，它再也站不起来了。人们看到这情形，都乱成一团。

马成龙和他全体来迎亲的人们，都不认得米拉尔黑。他们也没有想到他们的马是被风雷千里驹吓坏了。于是，有的人议论，可能今天选的这个时辰不吉利；有的人又说，也许是这匹套车的马，突然发了急病……米拉尔黑看着这伙人的狼狈相，就先不走过去，只牵着自己的马，远远站定，看这一伙可笑的家伙怎么办。这时候，马成龙命令赶车人，另换一匹拉车的马。可是，换哪一匹呢？所有的马，都四腿发抖，半步也挪不动了！不久，人们就注意到米拉尔黑牵着的风雷宝驹，气昂昂地站在那里。这倒是一匹好马，何不借来用一用呢？于是，马成龙便亲自来向米拉尔黑借马。

"朋友！"他说，"请把你的马借用一下。我不会白使，只走五十里路程，给你两颗元宝的脚价。"

米拉尔黑微微一笑，答道："少爷，你真慷慨啊！我的马可以借给你，而且，不会要你半文钱，只是，恐怕你的赶车人，驾驭不了这匹烈马。"

一听米拉尔黑允许借马，马成龙满心高兴，便招呼人来牵风雷宝驹。赶车人走过来，还没有抓到缰绳，那宝驹飞起一蹄，把他踢到一丈开外的地方，再也爬不起来了。人们惊骇地叫起来，都说这真是一匹厉害的马！

马成龙看到这种情况，急得满头大汗。幸亏他的老管家出了个主意：索性叫马的主人来赶车好了，反正他还是要跟去取马的。

米拉尔黑同意了。他想："这倒是个机会，也好和海迪娅从容谈话。"风雷宝驹顺顺当当套上了轿子，米拉尔黑跨坐到车辕上，吆喝了一声，车子驶上了大路。

马成龙领着他的随从人等，随后跟来。不过，他们的乘马，都不敢接近风雷宝驹，只能远远地跟在后面。这时候，轿车里只坐着海迪娅一个人。米拉尕黑一面赶着车子，一面试探着和海迪娅谈话。

"姑娘！"米拉尕黑说，"我有几句话，想和你谈谈，可以吗？"

海迪娅回答："年轻人！你说吧——我心里真乱得很，说说话儿，倒可以解解烦闷！"

"那么，姑娘！请你想一想，你可曾到戈斧山下的清溪边，担过水吗？"

"担水？是的，我可能经常到山下去担水。"

"不过，有那么一次——那是一个初夏的早晨，你到山下来担水，两只桶儿都盛满了，可是，你没有马上担走，你坐在溪边的一块青石上，洗你那长长的头发……这你还记得吗？"

"啊，啊！可能有那么回事吧。可是，我完全想不起来了！"

"你总该记得溪畔上那棵茉莉树吧？你洗完了头发，编着发辫。当时你抬头看见了树梢上刚开的几朵茉莉花，于是，你就唱起一支歌来……"

"我唱过一支什么歌呢？为什么我一句也记不得了？"

"你唱的是一支很美妙的歌，我至今还记得清清楚楚，你听吧。"


溪水是明镜呵，青石作妆台，

不抹脂粉不愿插金钗。

编起一把辫子长又长呵，

猛抬头几朵花儿争先开；

茉莉花儿白呵，茉莉花儿香，

对对蝴蝶儿绕花飞。

我心想有一朵茉莉花儿戴，

攀不着高枝儿该怎么采？


"啊！我真唱过这么一支歌吗？"

"是的，你唱了这么一支歌，你想有一朵茉莉花儿戴在你的头上。就在这时候，有人从远处射来一支箭，把一朵开得最好的茉莉花，从树梢枝头射落下来，端端落在你的手里……"

"哎呀！这真是很有趣的事！请告诉我，是谁射了箭呢？"

"他，是一个年轻的猎手，是你梦中的熟人。他向你走过来，表白了他对你的深情，于是，你们便坐在茉莉树下，亲密地谈了许久……"

"啊！真有这样的事吗？"

"这是千真万确的。后来，年轻的猎手去见了你的母亲。他拿出了一面镜子，作为和你订婚的礼物……"

"一面镜子？等一等，让我想一想……"

"那镜子里，还有你自己的面影。"

"啊！我似乎记起一点儿了。年轻人！你快讲下去！"

"因为康通巴咋起了战争，年轻的猎手——你的未婚夫——出征打仗去了……"

"是的是的，我已经想起来了！当我听到这个消息的时候，心里一惊，镜子从我手里掉落地面，跌成了两半！"

"你还记得吧，跌破的镜子，你俩各藏了一半？"

"一点儿也不错，它至今还藏在我的身边。"说着，海迪娅从贴身的衣袋里，取出那半片宝镜。米拉尕黑也把他自己带着的那半片取出来，递给海迪娅。

"姑娘！"他说，"亲爱的海迪娅！请你把它们对起来看看……"

宝镜重圆了，海迪娅的记忆完全恢复过来。她如梦初醒，一把拉住了米拉尕黑的衣襟。

"米拉尕黑！我的亲人！你可回来了！"

"是的，海迪娅！米拉尕黑胜利回来了！"

"唉！我怎么会这样糊涂！能把你忘得一干二净呢！"

于是，米拉尕黑便把马成龙使用迷魂茶毒害她们的事，说了一遍。海迪娅一听，又恼又恨又害怕，她急得哭起来："米拉尕黑！亲爱的！这怎么办呢？难道能让坏人把我抢去吗？"

"别怕，海迪娅，只要有我在你身边，一定能保你平安脱险……"

车子驶近三岔路口，要上马成龙家的苏拉乡，须向南边走，米拉尕黑却把车子赶到向东去的路上，跟在后面的人们看见了，大声吆喝：

"喂！小伙子！走错路了——向这边来！……"

可是，任凭他们吼破了喉咙，米拉尕黑好像根本没有听见。他催动那匹风雷宝驹，拉着车子，直向流着玛瑙河的故乡驶去。

马成龙领着自己的随从，在后面紧紧追赶。追呀追，赶呀赶，一直追赶到玛瑙河畔。河上没有行车的渡桥，车子在岸边停下来。后面人喊马叫，逼近前来。

米拉尕黑不慌不忙，从车上卸下风雷宝驹，和海迪娅一同跨上马背。

这时候，马成龙已经一马当先，追到跟前。

米拉尕黑双腿用力一夹，风雷宝驹长鸣一声，突然腾空一跃，飞一般跳过河面，登上对岸。马成龙扑了一个空，他座下狂奔的马，收勒不住，只听"扑通"一声，连人带马，一齐掉进河水的激流里了……

当天晚上，在森林边上米拉尕黑的家里，一对经过重重磨劫的爱人，举行了欢乐的婚礼。

（东乡族民间传说）

# 黑黑和白白

有一个员外，他有两个女儿，大女儿是亲生的，二女儿是拿钱买下的。员外心疼大女儿，从小儿娇生惯养，吃的油，穿的绸，住的楼，擦胭脂抹粉，将养得白白胖胖，因此取了个名字叫白白。二女儿虽说也叫员外"爹"，其实只是打杂的丫头，见天里，抓柴筐，捞粪筐，离开炕洞上灶火，出了碾道进磨道，烟熏火燎，风吹日晒，头脑脚手，自然跟不上白白的细发白净。员外就叫她黑黑。

一个享福，一个受苦；一个是"白白"，一个是"黑黑"。不管怎么样说吧，两个闺女可都一样长大成人了。

这一年，员外出了一道招贴，要给两个女儿招女婿。招贴上写了一首诗：

员外家有两枝花，
要招两个管花娃，
谁要白花——十两黄金，
谁要黑花——十年长工。

这一天，来了两个年轻人，把招贴揭了。头一个年轻人，绸袍缎褂，拉着一匹红马，看派头，不是官家公子，就是财主少爷。员外心里想："还是我白白福分大，招上这个好女婿，我死了也有人顶门立户了。"第二个年轻人，粗布衣裳，领着一只又高又大的黄狗——原来他是个羊倌。员外心想："这小伙子结实强壮，干活下苦，能顶两个人用。"

员外的话："金山配银山，寒山配雪山。"于是，那个阔少爷和白白，这个放羊倌和黑黑，就配成两对小夫妻了。

这一家子，多靠了黑黑两口子，东山日头背到西山，手心里起皮，眉毛上淌汗，踏踏实实种庄稼下苦，光景越过越兴旺了。

又过了几年，员外死了。

白白怕黑黑日后争家产，就和她男人背地里打排定计，要撵他们出去。

"妹妹啊！"这一天白白对黑黑说，"虽说你不是我爹亲生的，可是你从小儿就在我家长大成人，我们就和亲姐妹一样。如今爹死了，由姐姐做主，分给你们些田地，独立门户，好好成家立业过日子去吧。"

她男人又说："南山坡上有咱家十亩荒地，开出来能长好庄稼。你们都是能下苦的好把式，十拿九稳，一定发财。"

白白说："那地边上还有一眼窑洞，也就给了妹妹吧。"

男人又说："窑洞那东西可是宝贵，住进去冬暖夏凉，比咱这楼房瓦舍还美气呢！"

白白接着说："要想再给妹妹分个牲口，唉！只怨我爹活的时候，没给咱喂养下。只有你姐夫的一匹马，你知道他体子弱，上街出门还指着搭腿呢！"

男人又接着说："咱们当初招女婿进门的时候，我拉一匹马，妹夫领一条狗，我看还是'物归原主'。那黄狗可在咱家吃肥了，怕真能顶一头牛犁地呢！"

白白和她男人，一唱一和，人情话说下了一大摊。黑黑两口子，都是本分庄稼人，明明知道这不过是虚情假意，可也不愿意费口舌争执，就都应承了。第二天，他们拿了几件随手应用的家什，领了黄狗，搬到南山坡窑洞里来了。

这几亩荒地，不知荒了几百年；野草长了半人深，满地堆着石头疙瘩。黑黑两口子起五更，爬半夜，星星指路，月亮照明，全靠四只勤劳的手，割尽了野草，拾掉了石头，剩下的就得一镢头一镢头刨了。黑黑说："我们能有个牲口就好了！"丈夫说："你忘了吗？人家说咱黄狗能顶一头牛犁地呢！"黑黑就问黄狗："黄狗，黄狗！你会犁地吗？"

黄狗不会说话。

黑黑又说："黄狗啊！你若会犁地就叫唤三声；不会就摇摇尾巴。"

"汪！汪！汪！"黄狗叫唤了三声。

第二天，他们套起黄狗去开荒。好黄狗啊！它拉起犁头，又快又稳，赛过一头黄犍牛！过路的人们看见，纷纷夸奖。

一天犁三分，三天犁一亩；二十天开荒，两天下种；麦苗绿，豆花红；黑黑的庄稼，得了好收成！

"黄狗会犁地！""南坡圪上长庄稼！"稀罕事人人传说。我传你，你传他，一传传到白白家。白白后悔地说："早知道荒草滩滩能长田，谁能白送它！"她男人也说："早识透黄狗会犁地，我宁要那'神狗'，不要这凡马！"

这两口子，心眼儿多，商商量量，又定了一计。他们骑了红马，来到黑黑家。

"妹妹啊！"白白说，"昨晚来了个狼，咬死了我的两只羊！"

她男人又紧着说："妹夫啊！咬死羊还不打紧，单怕吃了你姐的肝花掏了我的心！"

"妹妹家的黄狗跟过羊。"

"借给你姐姐吓几天狼。"

黑黑两口子，都是直脾气，实心眼，就把黄狗借给了他们。

这个计叫"刘备借荆州"——一借不还。

白白把黄狗骗到手，套起犁头，拴上缰绳。她们要先试试黄狗的本领，然后去给皇帝进贡。白白说："黄狗黄狗！你给我犁地，我给你肉吃。"黄狗把眼一瞪，不拉犁。"你不拉犁，我拿鞭子打你！"黄狗把牙一呲，就是不拉。白白生了气，打了黄狗一鞭子。"汪！汪！汪！"黄狗回头一口，白白的腿上被咬掉了一块肥肉。白白的男人气急了，把黄狗吊到树上，活活吊死了。

黑黑哭着把黄狗的尸首抬回去，埋到房后的菜园里，上地想黄狗，回家想黄狗，想起黄狗，眼泪长流！

这年春天，地上草芽发，黄狗的坟上长出了一棵树苗苗。黑黑见了欢喜，日日浇水，月月添粪。夏天怕晒着了，搭起凉棚遮太阳；冬天怕冻着了，盖上麦草挡风雪。苗苗越长越壮，苗苗越长越高，一年生出金枝枝，二年长上玉叶叶，三年开满金花花，四年结上银果果。用手一摇，嚓啷啷金钱落满地。

黄狗死了，黑黑家里，又添了一棵"摇钱树"。

再说白白两口子，一个是员外的小姐，一个是财主的少爷，饭来张口，衣来伸手，吃肉不香，穿绸缎不光。一股钱水往外流，出得多，进得少，只几年就把老刻薄鬼留下的一份家当，三拳两脚给踢打光了。一听说黑黑家里长出了一棵摇钱树，又气恨，又眼红，只恨财神爷心偏，摇钱树为啥不长到自己家里来。虽然气恨，人不亲钱亲。这一天，他们步行来到南坡坬，一看这黑黑的家，窑洞变成了新房子，狗屎滩滩成了大院子；圈里牛，槽上马，鸡儿鸭子叫喳喳……黑黑两口子下地刚回来，就请他们到家里。

"妹妹啊！"白白说，"咱这南坡坬地脉好，你家五谷丰登、六畜兴旺，可怜你姐穷得快饿死了！"

"姐姐不要伤心，"黑黑说，"缺米我给米，缺面我给面。"

白白男人接上嘴："不要妹妹米，不要妹妹面，单借你家摇钱树摇几个钱。"

黑黑男人一听这话，可火了："你不说这话我不生气，借去我的黄狗，你活活吊死，如今又来想骗咱摇钱树！"

黑黑连忙劝自家男人说："树大钱多，他们能摇多少！"就叫白白他们自个到后面摇去了。

白白两口子来到后园，看见那棵金枝玉叶摇钱树，眼热心急，恨不得连根拔走。女人说："来时走得急啦，没寻上个大口袋，摇下钱可咋办啊！"男人说："不要愁，放心使劲摇，摇下几大堆，咱们借个大车慢慢往回拉。"说着，这两个贪心鬼就抱住树使劲摇起来。"哗！哗哗！哗！哗哗！哗哗哗！"摇了半天，把吃奶的力气都使尽了，树上连半个麻钱也没掉下来。"咋搞的！"他们抬头一看，啊！树上的金枝、玉叶、金花、银果，连影影都不见了，只有几根干丫杈，半天里乱扎着。这可把两个摇钱的气糊涂了。那男人瞅见墙跟前立着一把镢头，捞过来照树根狠狠地几下，就把这么好一棵宝贝树刨倒了！干了坏事惹下祸，赶黑黑两口子知道，他们早翻园墙跑了。

树倒了，根断了，再多心疼，也长不到原地方了。黑黑手勤心巧，就把这棵树刮皮皮，削枝枝，截短，砍光，做了一根光滑滑、圆溜溜的棒槌。这棒槌又是一件宝：黑黑洗衣裳使唤它，破布一捶，成了好布；旧衣一捶，成了新衣。黑黑男人说："咱这个物件，可要收藏好，怎么也不能再上坏人的当了。"

"瘦狗鼻子尖，懒驴耳朵长"。没想到白白又听见了风声，寻上门来。他们这回可歪啦，索性翻了狗脸，死耍赖皮，口口声声，硬要那"捶旧变新"的洗衣棒槌。那女人说："你们自小吃咱家饭，穿咱家衣……如今翎毛干了，翅膀硬了，就认不得恩人了！"那男人说："你们种的谁家地？住的谁家屋？好好交出棒槌还罢，不然，一张禀帖进衙门，咱们去老爷的大堂上讲个道理！"黑黑的男人气得要跟他们打架，黑黑挡住说："人没脸，驴卧跤，咱和人家缠不过。人要靠力气吃饭，咱没这棒槌也活人！"就取出那物件给了白白了。

白白强鼓硬凿，讹来了洗衣棒槌，两个人盘算着把家里的破衣烂布都捶成新衣服、好料子，搬到城里开它一个"衣帽布匹店"……盘算得倒不错，就是这物件古怪，到他们手里便不灵验了——新衣裳一捶，倒成了旧衣裳；旧衣裳一捶，成了破衣裳；破衣裳再一捶，一块一绺，都变成碎布片片了！男人气得翻眼睛，婆姨气得肚子疼，心一狠，就把棒槌塞到火炉子里了。棒槌在火里烧着了，呼呼呼地冒着火焰。火焰越烧越大，火焰越冒越高。这火焰也像生了气，一条火龙一样，满院子乱窜，转眼间把这四面的房屋都烧着了。那白白和她的男人，想跑没路，连房子一起被烧成一堆黑灰了。

（汉族民间故事）

# 米德老奶奶的小羊羔

　　格伦草原上，数米德老奶奶最穷。她没有丈夫，没有儿女，住在一座破破烂烂的蒙古包里，过着孤苦伶仃的生活。

　　三年前，邻人的一只老山羊被狼咬死了，丢下了还没有断奶的小羊羔。羊羔的主人便把它送给米德老奶奶，从此，她有了唯一的财产——一只小山羊。

　　熬上香糊糊的小米汤，让小山羊喝；采来嫩生生的草芽儿，让小山羊吃。米德老奶奶，像照料自己的小孙儿似的，尽心地饲养小山羊。她想，我的小山羊长大了，就能再生一只小羊羔；"母羊生母羊，三年九只羊"——只要我好好操劳经营，再过十年八年，我就有几十只羊了；那时节，我老婆子的日子，也就好过了！

　　一年、两年过去了，小山羊长大了。不久，果然生了一只欢蹦乱跳的小山羊。米德老奶奶多么高兴啊，她如今是两只山羊的主人了！

　　每天，米德老奶奶把羊儿赶到水草茂盛的滩上，看着它们吃草。大山羊吃得圆乎乎的，小山羊奶得胖墩墩的。看见的人们，都齐声夸奖："嘿，好两只山羊！"

　　有一天，老牧羊人塔布尔赶着羊群从这里经过，他对米德老奶奶说：

　　"老嫂子！你这只小羊羔，实在逗人喜爱。可是，你得留心巴图的

恶老雕啊！"

巴图是谁呢？他是格伦草原上最富有的牧主。巴图吃饱穿暖没事干，专好走狗放鹰盘走马。他出门的时候，胳膊上总蹲着他驯养的一只老雕。别人驯鹰是为了抓野兔，巴图的老雕却另有用处。当初训练它的时候，专用活羊的眼睛作饲料，所以，它变成了一只残害小羊的恶鸟。巴图每天放它出去，一双闪着凶光的眼睛，便在草原上放牧的羊群里搜索。瞅中谁家的羊羔最肥胖，便飞下来抓一只走了。每次抓回一只小羊羔，巴图便把一双血淋淋的羊眼，犒赏他的"功臣"——恶老雕。然后，巴图吃下生羊脑髓，这才叫女仆人拿去剥皮烤肉，供他享用。

这几年，草原上多少活泼泼的小羊羔被巴图的恶老雕伤害了。人们都在背地里咒骂，可是，谁也对他没有办法。

所以，老牧人塔布尔一说到巴图的恶老雕，这才一下提醒了米德老奶奶。她心里又惊又怕，好像她的小羊羔马上就会被那凶残的老雕抓去。

"佛爷保佑吧！"她忧愁地祷告说，"我的小羊羔，可不能让它抓走啊！"

"你别怕，"塔布尔说，"怕也没有用——我提醒你，小心一点儿就是了。"

米德老奶奶长长叹了口气，说："唉，佛爷快派个圣人，来收拾掉草原上这个大害吧！"

塔布尔微微一笑，说："要除掉草原上的大害，不能坐等圣人出世——我告诉你，为了实现这个心愿，这几年，我请教了许多名师高人，已经找到办法了。你等着瞧吧，巴图的恶老雕，寿命不会太长了……"

三天之后，米德老奶奶预感的灾难，终于降临到她的头上！早晨，她把两只山羊赶到蒙古包附近的草滩上，去吃那滚着露珠儿的青草，她提了木桶儿，到远处的小溪里去取水。就在这时候，巴图的老雕飞来了。当然，它不会放过这只肥美的小羊羔；趁羊羔的主人不在跟前，很容易地便抓走了小羊羔。米德老奶奶取水回来，老远里就听见母山羊"咩咩"地急叫着。她大吃一惊，撇下水桶儿，飞一般向羊儿吃草的地方跑去 —— 老天爷！她的小山羊不见了！蓝天的远方，还看得见老雕飞去的影子。米德老奶奶惨叫一声，便栽倒在草滩上……

许久，许久，母山羊站在米德老奶奶的身旁，悲哀地叫着。并且用它的两只角，在老奶奶的身体下面用力扛抬，企图把它的老主人扶起来。这样，米德老奶奶终于苏醒了，她一把拉住母山羊，伤心地说："我们可怜的小羊羔啊，它被恶老雕叼走了！"

母山羊也悲哀地叫着，仿佛和它的老主人在一同哭泣。

"走吧。"米德老奶奶说，"我们去找巴图牧主，要他还给我们小羊羔！"

巴图今天格外满意，因为米德老奶奶那只羊羔，实在长得肥胖。无论羊脑羊肉，比他过去吃过的任何一只，都更为鲜美有味。因此，他把吃剩的两颗羊腰子额外赏赐了他的老雕，作为对它的特别奖励。巴图结结实实地饱餐了一顿，肚皮都撑得鼓胀起来，这才一边剔着牙齿，一边到蒙古包外面的草地上散步消食。就在这时候，米德老奶奶引着她的母山羊走来了。

"你好，老爷！"米德老奶奶说。

"有什么贵干？"巴图牧主问。

"是这样，"米德老奶奶指着母山羊说，"我这只山羊，生了个小羊羔，今天早晨被你的老雕抓走了——要知道我的小羊羔，就是我老婆子心头一块肉啊！"

"没有这回事，"巴图说，"我的雕子，今天根本没有出去过。"

"可是，我亲眼看见……"

"等一等——草原上飞着的野鹰，能遮住太阳；你怎么偏偏知道，是我的雕子抓了你的羊羔呢？"

"你用不着抵赖，老爷！天上飞的野鹰虽然多，它们可不会抓人家的羊羔；只有你驯养的恶老雕，才常常干这种伤天害理的事！"

"住口！"巴图恼羞成怒，大声喝道，"你要当着我的面，再敢这样胡说八道，小心我的拴狗，会扯出你的肝花心肺来！"说罢，他气狠狠地回到他的蒙古包里去了。米德老奶奶还想跟过去，可是，那拴在帐房门口的几只长毛大狗，直扑起来，齐声吼叫；同时，扯动脖颈上粗壮的铁索链子，发出哗啦哗啦的响声——真是恶狗把门，生人谁敢走近半步！

米德老奶奶一肚子怨恨气恼难平，便回头去找老牧人塔布尔，向他哭诉了小羊遇害的经过，请求他为自己报仇。

塔布尔听了，安慰米德老奶奶说："事情既然已经成了这样，你也用不着多伤心了；巴图的恶老雕，抓去你的小羊羔，这是它在草原上最后的一次逞凶——这个魔鬼的末日，已经来临了！"说罢，他领着米德老奶奶和母山羊，到他的蒙古包里去。塔布尔取出一只小瓷盘儿，用手指叮叮当当地弹着响，并且对着母山羊，唱起一首哀伤的歌儿来。他唱道：

　　　　母山羊啊，母山羊，

　　　　巴图害得你实惨伤；

　　　　恶老雕叼去你的小宝宝，

　　　　奶头上的小羊羔离了亲娘！

　　　　剜去眼睛剥掉了皮，

　　　　嫩肉肉烤熟骨头熬成汤！

　　　　无罪的羊羔儿遭惨死，

　　　　谁知你疼烂心肝痛断肠！

　　这么一唱，越发引起母山羊的伤心。它眼眶里的泪水，止不住流下来了。塔布尔连忙伸出瓷盘儿，接在母羊的头下，那一串串的泪珠儿，便都流到盘儿里去了。

　　"流吧，流吧！"塔布尔说，"把你心里的苦水，都倒出来吧！"

　　然后，塔布尔又取出一只密封着的坛子。他打开封口，把盛满在瓷盘里的山羊眼泪，装进坛子里去。米德老奶奶站在旁边，看着塔布尔这种奇怪的举动，心里迷惑不解："塔布尔 —— 我的老兄弟！你这是在干些什么呀？"

　　塔布尔指着坛子，回答米德老奶奶说："盛在这里面的，都是失去了羔儿的母羊流下的眼泪；要除灭巴图的恶老雕，需要一千只母羊的泪水才能成功。在这以前的几年时间里，我已收集了九百九十九只母羊的眼泪，加上你这一只，刚满一千这个整数 —— 你先不要仔细追问，马上你就可以看到，我将用什么办法收拾那个魔鬼了！"他一面说着，一面取出两升青稞面，放在铜锣锅里，然后，拿起那口坛子，把盛在里面的一坛羊泪水，搅在面里，和成了一个大面团。接着，他用这个面团，捏成了一只小面羊——嘿！面羊儿捏得真好，简直跟活的一样！这时候，塔布尔又"嘭嘭嘭嘭"地敲着他的空坛子，唱起另一首歌来。他唱道：

> 格伦草原上飞着一只恶老雕，
> 残害了我们多少活泼泼的小羊羔！
> 母羊的泪水呵流成河，
> 牧民的心头呵怒火烧！
> 血债要用血来还呵，
> 挖不掉巴图的眼珠恨难消！
> 面羊儿，面羊儿，你快活来，
> 要报仇要雪恨就在今朝！

　　说也奇怪，塔布尔的歌声刚落，那面羊儿的小耳朵就拨棱拨棱动起来了；接着，两只黑油油的眼睛，也扑闪扑闪眨动起来。米德老奶奶正惊奇地看着，忽然，面羊儿扑登一下跳到她的脚边，仰起头儿，咩咩地叫着——面羊儿真个活了，它变成一只多么好看的小羊羔！米德老奶奶一把抱起了小羊羔，紧紧地搂在怀里，一面连连地吻着，一面说："我的小羊羔回来了！我的小羊羔回来了！"

　　可是塔布尔却说："把它交给我吧，老嫂子！它不是你的小羊羔。"

"不，不！"米德老奶奶恳求地说，"塔布尔，我的好兄弟！你把这只羊羔，给了我吧——我是多么喜爱它啊！"

"你是一个非常糊涂的人！"塔布尔慢慢说，"当巴图的恶老雕还在草原上空盘旋的时候，即使我给你十只羊羔，也会被抓得一个不剩；何况，你已经亲眼看到，这并不是一只真正的羊羔——这是一千只失去羔儿的母羊，用它们的眼泪和悲哀化出的一个幻形。我要利用它做诱饵，去除灭巴图的恶老雕。"

米德老奶奶听着，不住地连连点头。她双手捧着那只小羊羔，递给了塔布尔。

"你说的话是金子！"她说，"我听你的——佛爷保佑，但愿早日成功！"

不久，格伦草原上忽然出现了一只没人管束的小羊羔。它不吃草，也不喝水，但却是那样机灵活泼。成天价在草原上蹦蹦跳跳，一刻也不休息。这只奇异的小羊羔很快就引起巴图那恶老雕的垂涎。很快，小羊羔就被抓走了。

巴图在家里，见他的老雕又抓回来这么漂亮一只羊羔，高兴极了。

"好啊，我的神鹰！"他说，"你的眼力越来越敏锐，如果你每天都能抓来这样的羊羔就好了——来，把它的眼珠啄去吃吧！"老雕一得到它主人的允许，便疯狂地扑上来，立刻啄食了小羊的眼珠。然后，巴图用锋利的斧子，砍开了小羊的脑袋瓜，津津有味地吃起羊脑子来。

突然，那刚吃下羊眼的老雕，怪叫了一声，两只眼睛里闪出怕人的凶光，在巴图的蒙古包里乱飞乱扑起来。酥油灯被扑灭了，自鸣钟从矮脚小桌上倒栽下来，碰翻了银火壶；壶里的奶茶哗啦啦倾倒在彩色的栽绒毯上，冒起一阵白气……顷刻之间，把一座富丽华贵的蒙古包，搞了个乱七八糟！

"畜生！"巴图拿起马鞭子，威吓地狂喊道，"你……你这是发疯了！"

是的，老雕真是发疯了。它对主人的叱喝毫不理会，反而向巴图猛扑过来，嘣！嘣！两下子，就啄掉了他的眼珠。当巴图家里的人跑进蒙古包来看时，只见巴图血流满面，嗷嗷狂叫着冲出门，在草原上乱跑起来。那只老雕也随后飞来，还不住地扑下去，使劲啄它主人的秃脑袋。巴图疼得乱蹦瞎跑，扑通一下，栽倒在河沟里。等到家里的人赶来捞救时，巴图已经淹死了。至于那只发了疯的老雕，满天乱飞了一阵，也撞在乱石崖上，活活跌死了。

巴图死了，恶老雕死了，从此，格伦草原平安了。第二年，米德老奶奶的母山羊，又生了一只欢蹦乱跳的小羊羔。

（蒙古族民间故事）

# 铃铛儿

铃铛儿五岁上死了亲娘。亲娘的坟头刚长上了青草，爹就吆着老牛车，从老远的地方，接来了一个寡妇，做了铃铛儿的后娘。

过了一年，后娘生了个小弟弟，取了个奶名儿，叫宝蛋儿。

宝蛋儿长到七岁，铃铛儿十三岁，就在这一年，他们的爹爹又死了！宝蛋儿还有亲娘疼着，铃铛儿的日子啊，可就难过了——憨憨孩儿，倒成了后娘眼里一根钉。

亏他小兄弟俩，情投意合，亲亲热热，跟一个娘生的一样。妈妈骂哥哥的时候，弟弟护着；妈妈打哥哥的时候，弟弟拦着；哥哥吃不饱饭，弟弟瞒着妈妈偷馍馍给他吃；哥哥身上冷，弟弟把贴身的小袄子脱下来给哥哥穿……多好的小哥儿俩啊！

铃铛儿生得聪明伶俐，世上的万事万物，他都关心留意。别看他小小年纪，知道的事情可多啦。就是天上的鸟儿叫唤，他也听得出那是说着什么话。

有一天，他在羊圈里扫粪，忽然听见门外喜鹊叫。他对宝蛋儿说："弟弟，弟弟！咱们快去看看，喜鹊娃娃掉下来了，它妈妈在哭哩！"

小弟兄俩，手拉手儿，跑到庄门外边一看，果然见一只毛茸茸的小喜鹊，从白杨树梢的窝里掉落到地上。一双软翅膀儿，扑啦扑啦乱扇腾，总是飞不起来。老喜鹊急得上飞下扑，"喳喳喳"叫唤着。

铃铛儿看了，说："弟弟，来，咱们帮帮忙，把喜鹊娃娃送回窝里去吧。"

宝蛋儿说："好！哥哥，你支架，我上树。"

宝蛋儿踩着铃铛儿的肩膀，爬上树去，刚把小喜鹊放回窝里，妈妈出来了。

妈妈看见铃铛儿领着宝蛋儿上树，心里那口恶气呵，又咕嘟嘟翻上来了。她转回身选了一根狼牙刺儿条，扑过来就要打铃铛儿；刚把手举起来，树上的老喜鹊看见了，扑棱棱猛飞下来，照着她的天门盖狠狠地啄了一口。啄得妈妈"哎呀！"一声，骂道："这该死的扁毛虫，也会欺负人了！"

她拾了块小石头，吓飞了老喜鹊，转身又来打铃铛儿。这时候，宝蛋儿已经从树上爬下来，跑上去拽住了妈妈的胳膊："妈！妈！树是我自个上的，不关哥哥的事，要打，您就打我吧！"

妈妈舍不得打宝蛋儿，心里更恨铃铛儿。夜里睡在炕上，想了个坏主意。第二天，铃铛儿照规矩来问妈妈："妈妈，今天我干什么活路？"

"拉一只绵羊，到集上卖去。"

"妈妈，羊卖了钱，买点什么东西回来？"

"你买这么一样东西，"妈妈说，"生的是熟的，熟的又是生的，我和你弟弟吃了，猪娃、鸡娃还要吃。"

"妈妈！我就照您的意思去办。"

妈妈又说："记住，你出门时拉去一只羊，回家来还要拉回羊一只！"

"妈妈！我都记下了。"铃铛儿恭恭顺顺答应着，到羊圈里牵了只

大白绵羊，准备就去赶集。

宝蛋儿拉住哥哥，悄悄说："哥哥啊！这分明是妈妈故意难为你；要是办不到，她可不能饶你呀！"

铃铛儿笑嘻嘻地说："弟弟！你放心，妈妈说的，我都能办到，只请你瞒着妈妈，给我寻一把剪刀。"

"这容易！"宝蛋儿满口答应，去了一会儿，就把妈妈的裁衣剪刀偷来，交给哥哥。铃铛儿揣起剪刀，拉着绵羊，上集去了。

铃铛儿来到集市上，把大绵羊的毛剪下来，卖了两串铜钱。又到瓜果摊子上，买了一个大西瓜。他抱着瓜儿，牵着羊儿，唱着山歌儿，回家来了。

切开西瓜，熟透的蜜沙瓤子，颜色红红的，味道甜甜的，请妈妈、弟弟来吃。猪娃吃什么？吃瓜皮儿。鸡娃吃什么？吃瓜子儿。事儿办得很好，妈妈挑不出铃铛儿的过失。嘴里不说什么，心里可在嘀咕："哼！孙猴子本领再大，终究跳不出佛爷手掌！"

又过了几天，铃铛儿来问妈妈："妈妈，今天我干什么活路？"

"去把南河滩那三亩沙地种上。"妈妈说，"不用牛，不用马，不用犁，不用耙。头一天下种，第二天发芽，第三天出苗苗，第四天开花花……限你七天时间，我亲自到地里收庄稼！"

"妈妈！我就去种吧。"铃铛儿满口答应了。

好心的宝蛋儿，真替哥哥着急。他悄悄跑来，对铃铛儿说："哥哥呀！妈妈尽找这些办不到的难事情叫你做，你怎么就答应了啊？！"

铃铛儿笑着说："弟弟！别发愁，世上无难事，只怕有心人。"

"有七天能收成的庄稼吗？"

"有！我常去放羊的东滩上，生着一种红豆儿。豆种埋进地里，只要下一场透雨，七天就熟了。我看着这是一样好东西，就细心拣了几斤收藏着。如今，就拿这七日红豆做种吧。"

"可是，谁知道什么时候才下雨呢？"

"今天早晨，我出门担水，看见白杨树上的喜鹊盖窝，一面盖，一面叫：'喳喳喳！喳喳喳！明日晌午大雨下。'我们今天动手播种，正赶上时候。"

"可是，不用牛马不用犁，种子咋会埋进地里呢？"

"不要紧，我们的羊群会帮忙。"

…………

铃铛儿带上豆种，赶上羊群，到南河滩来播种。红豆儿，像一颗颗小珍珠，撒遍了三亩沙滩地。羊群排成行，走过来，走过去，那尖尖的羊蹄甲，把种子一颗一颗踩进沙土里。

头天播种，二天雨淋，三天绿苗出，四天豆花红；豆花落，结豆角；豆角青，豆角黄；六天七天，三亩地的好庄稼，已经收上场。

铃铛儿的七日庄稼，种得那么好，收得那么准，妈妈心里的坏打算又落了一场空。可是，妈妈见铃铛儿办的事情越好，心里越生气。

这一天，铃铛儿又来问："妈妈，今天我干什么活路？"

"赶上羊，到野狼沟放去！"

宝蛋儿说："妈妈！我也要跟哥哥去！"

妈妈瞪了宝蛋儿一眼，说："先让他去，过几天你再去！"

铃铛儿照着妈妈的吩咐，赶上羊群，要到野狼沟去放牧。宝蛋儿送哥哥走出村口，悄悄问道："哥哥！野狼沟你去过吗？"

"没去过。"

"听着这地名儿也怕人。哥哥，你可要小心啊！"

"我晓得。"铃铛儿说，"村头上有个羊倌爷爷，方圆百里，条条山沟，他都熟悉，我要去问问他。"

羊倌爷爷放了六十年羊，如今八十多岁了，他是个心肠顶好的老人。

"老爷爷！"铃铛儿来到老羊倌家里，恭恭敬敬地问，"您知道吗，野狼沟是个什么地方？"

"你问野狼沟吗？"羊倌爷爷说，"青草嫩嫩的，泉水甜甜的，是一块好牧场！"

"我要到野狼沟去放羊，行吗？"

"孩子啊！不能去！"羊倌爷爷连连摇头，说，"很久以前，野狼沟来了一群恶狼，伤行人，害牲畜，从那以后，再没人敢到沟里去。"

"老爷爷！请您教给我一个治狼的法子吧！"铃铛儿恳求道，"那里草香水甜，我能去放羊多好啊！"

老羊倌看铃铛儿真是个好少年，就捋着白胡子，笑眯眯地说："你是个有志气的孩子！好吧，我教你一种吓狼的功夫。"说着，他把两只手交叉一握，举起来对在口边，用劲吹了几下，只听"呜——呜——"几声，响得那么洪亮，响得那么雄壮，把房子都震得"咯哩咯吧"乱摇晃。

"孩子！这叫虎啸。"老羊倌说，"老虎在深山里叫唤起来，就是这样声音。你把它学会了，到深山野沟里吹几声，什么狼虫野兽，都远远躲开了。"

机灵的铃铛儿，一会儿工夫，就学会了虎啸。谢过羊倌爷爷，赶上羊儿，向野狼沟走去。

野狼沟，地方可真是好！青草青，野花香，小河里的流水响叮当……可惜了这么一片好草地啊，竟没有人来放牧牛羊！

铃铛儿握住拳头，"呜——呜——"吹了几声虎啸，把羊儿拦到沟里吃草，他自己上到山坡上，欢欢喜喜地玩耍。

他看见，沟畔上长着一棵野果树。树上的果子，红格丹丹的。他跑过去摘了一只，闻了闻，喷香喷香的，尝了尝，水甜水甜的。他说："我正口渴，吃一个解解渴吧！"吃了这个果子，心里透凉，浑身清爽，再也不觉得渴了。

铃铛儿又摘了一只，说："口不渴了，肚子又空空的，再吃一个压压饥吧！"吃了第二个果子，肚里饱腾腾的，再也不觉得饿了。

铃铛儿想了想，自言自语地说："真奇怪！我说口干，吃了果子就不渴了；我说肚饥，吃了果子就不饿了；难道这果子，会听人话，能随人意？——来，我再试试！"

铃铛儿自从亲爹娘死去，在后娘手里，常常挨饿吃不饱。脸上黄黄的，身上瘦瘦的。现在，他摘下第三个果子，笑着说：

"红果果，你听着，给我身上添点肉，给我脸上生颜色！"

说罢，把这果子也吃了。说也奇怪，不大一阵工夫，觉着身上痒痒的，脸上烧烧的。铃铛儿脱了衣服，在青草地上打了几个滚，又到小河里洗了个澡。等到他从水里爬出来，啊！他变了！胳膊粗乎乎的，手脚厚实实的，身上圆碌碌的；转眼之间，变得结结实实，像个小牛犊子似的！他又爬到清水泉上一照，胖墩墩的脸上，红处是红，白处是白，简直连自己也认不得自己了！

羊儿吃饱了，太阳落山了，铃铛儿唱着山歌，高高兴兴回家了。今儿早晨，铃铛儿赶上羊走了以后，妈妈心里想："小冤家进了野狼沟——这一回他再也回不来了。"真想不到，铃铛儿赶着羊儿，平平安安，又回来了；而且，一日工夫，变得又壮实又好看。妈妈一见，心里好奇怪，便问铃铛儿："今日在野狼沟放羊，遇见了什么？"铃铛儿把吃果子的事，细细地说给妈妈、弟弟听。弟弟听了，喜得拍手笑，妈妈听了，心里也觉得惊奇。

第二天，铃铛儿又来问：

"妈妈！我今天还放羊去吗？"

"不。你上西山打柴去！"

铃铛儿答应着，拿上斧子、绳子，上西山去了。妈妈又叫来宝蛋儿，说：

"孩子！野狼沟那棵红果树，是一棵宝树。你今日赶上羊儿，提上篮子，到那里去，把树上的果子全摘来，咱娘儿俩慢慢吃它。"

宝蛋儿一听妈妈叫他放羊，摘果子，心里十分高兴。满口答应，赶上羊群，顺着哥哥昨日赶羊的那条路，到野狼沟去了……

妈妈坐在家里，等着吃宝贝果子。

等着，等着。从清晨等到中午，从中午等到日偏西。太阳落山了，该是宝蛋儿回家的时候了，可是，弯弯曲曲的山路上，看不见羊群的踪影，听不见宝蛋儿的歌声。妈妈心里像火烧，站在门前瞭望，眼睛都瞅花了。"宝蛋儿啊！你怎么还不回来？"

宝蛋儿不回来，铃铛儿回来了。他背着一捆干柴，从西边大路上走

94

来了:"妈妈!您站在这里看什么?"

"看你弟弟呢。"

"弟弟到哪里去了?"

"上野狼沟放羊去了。"

铃铛儿一听,"啊呀!"惊叫了一声,"妈啊!您把我弟弟害了!"他顾不得多说一句话,丢下柴捆,飞一般朝着野狼沟跑去。

妈妈也吓慌了,随后跟着铃铛儿,跌跌撞撞地赶上来:"孩子!你到哪里去啊?"

"妈妈!我找弟弟去!……"

天忽然变了。黑云滚滚,电闪雷鸣。在这风雨齐来的黑夜里,铃铛儿前面跑,妈妈随后紧跟。滑倒了,又爬起来;身上碰破了,也觉不着。娘儿俩心慌意乱,迷失了路径,辨不清东西南北,不知道该向后退,还是该往前进……正在这为难的当儿,天空飞来一只喜鹊,扑啦啦绕着铃铛儿头顶叫:

喳喳喳!这边来!

喳喳喳!这边走!

铃铛儿一听,说:"妈妈!喜鹊给咱引路来了!"娘俩跟着喜鹊的叫声,左弯右拐朝前走,一口气跑到野狼沟。他们从沟口寻到沟脑,一路喊,一路叫,听不见宝蛋儿答应,看不见宝蛋儿踪影。

铃铛儿抬头问喜鹊:"喜鹊!喜鹊!请你告诉我,我弟弟宝蛋儿,他如今在哪里?"

喜鹊在半空里回答：

　　　　喳喳喳！沟畔上。

　　　　喳喳喳！小心恶狼咬。

　　　　喳喳喳！宝蛋儿爬在果树梢！

　　……


　　铃铛儿一听，心里就明白了。引着妈妈，爬上草坡，来到沟畔上。这时候，雷雨停了，乌云散了，天空现出一轮圆月。月光下，远远看见几十只恶狼，在沟畔那棵果树底下，跳着，嚎着，吼叫着。有几只，张开大口咬树干，发出"噼啪，噼啪"的声音。小水桶一样粗的果树，眼看就要断了！妈妈看着这种情景，吓得瑟瑟发抖："孩子！恶狼这么凶，咋救出你的弟弟来啊？"

　　"妈妈，别怕！"铃铛儿说着，握起两手，"呜——呜——"吹了几声虎啸。恶狼听见这惊天动地的吼叫，一个个吓得夹起尾巴，没命地逃跑了。

　　铃铛儿和妈妈抢步来到果树下，果然看见树梢上面，密叶丛里，隐隐忽忽有个人：

　　"弟弟，弟弟！快下来！"

　　"宝蛋儿！好孩子！妈妈来了！"

　　树下亲人连声叫，听不见树上回应。

　　铃铛儿爬上树去，把弟弟抱下来。可怜的宝蛋儿啊，已经惊吓得昏过去了！……

铃铛儿把弟弟背回家来，妈妈烧了半碗姜汤灌下去，弟弟醒来了。宝蛋儿说，他赶羊去到野狼沟，刚爬到果树上摘了两个果子，一群恶狼扑来，围住果树不走开。整整围了一天半夜，他就吓得什么都不知道了……说着，他从衣兜儿里掏出一只红果子，递给妈妈看。

铃铛儿一看，正是他昨天吃了的那如意宝果，便说："妈妈！您吃了它吧，这果子能把人改变过来啊！"

吃下那只果子，妈妈不由得回想着从前苛待铃铛儿的旧事，越想越后悔，越想越难过。妈妈一把拉住铃铛儿，搂在怀里，伤心地说：

"孩子呀！只怪妈妈从前那颗心，长得不公正，伤害了我的好孩子，受了多少磨难苦楚！孩子！你别记恨妈妈吧！……"

说着说着，妈妈的眼泪，成串成串地流下来，滴在铃铛儿的脸蛋上……

（汉族民间故事）

# 小骑手

古时的焉耆山下，是一片广阔的草原，叫茂隆滩。茂隆滩上，有丰美的牧草、清清的流水。在这里，居住着勤劳的藏族人民。草原上的帐篷有千万，住在帐篷里的人们，都有各自的离合悲欢。顿珠和卓玛的故事，一直流传到今天。

顿珠，是个男孩子；卓玛，是个女孩子。他们虽然不是一家人，可是比亲兄妹还亲。采野花，手拉着手；拾蘑菇，肩靠着肩；唱山歌，一唱一和；放牛羊，常在一个山坡……

有一天，他俩在草滩上放牧，忽然看见从远处跑来一匹马，马后边，有两只恶狼紧紧追着。他俩急忙把看羊狗哨出去，两个人又打着响鞭，连声高呼，这才把恶狼吓跑了。那匹马一直跑到他们的跟前，一头栽倒地下，再也挣扎不起来了。

这马不像普通马，个儿虽然不很高大，体态长相却很英俊。一身金黄的毛，夹着一道道虎斑条纹。啊！原来这是森林那边跑来的一匹野马。它的肚角上，已经被恶狼咬下了很大的伤口，黑血不住地流出来。

顿珠和卓玛看着这受伤的野马，它疼得那样可怜。可惜，他们又不是曼巴¹，不知道应该怎样救治！就在这时候，奇怪的事情发生了：那马憋足了一口气，把它的大肚皮使劲一鼓，只见从伤口里面，咕嘟嘟冒出两个小马驹来！小马驹，浑身水淋淋的，呼吸了第一口空气，甩着它们的小脑袋。受伤的母马，哎哎地叫着，用嘴唇亲吻着它的两个孩子；然后又抬起头来，用祈求的眼光望着顿珠和卓玛，眼睛里流下一串串眼泪。

顿珠和卓玛，明白这将死的母马的心意，便说："可怜的马啊！你放心吧——你的两个孩子，有我们抚养照顾⋯⋯"母马点了点头，眼睛一闭，就断气了。

顿珠和卓玛两家，都很穷苦。他们平常看见别人骑着马，在草原上跑来跑去，心里羡慕得不得了。可是，一匹马值成百的银子，他们买不起啊！现在，忽然从草原上，每人得到了一匹小马驹，真好比淘金客拾了一对金娃娃，心里的高兴，就不用提啦。他们把两个小马驹抱回帐篷里，大人们一见，都笑了，说："傻孩子！快丢了吧。这是野马驹子，养不活的！"

顿珠和卓玛听了，一点儿也不相信。他们执拗地说："不！这是我们的马驹，我们一定要养活它⋯⋯"从此，他们尽心地照顾着各自的小马驹，饿了灌牛奶，渴了饮米汤。白天，小马驹跟着他们到草原上游走；夜里，就卧在他们的身边睡觉⋯⋯

冬天去了，春天来了。两个小马驹，在顿珠和卓玛的管照下，活下来了——而且活得很好。它们脱尽了灰暗如毡的胎毛，换了一身金光

---

¹ 曼巴：医生。

闪闪的栗色毛。个儿越长越大，样儿也越长越好看。一个四蹄雪白，顿珠给取了个名字，叫踏雪；一个额上生着带线的白星，卓玛给取了个名字，叫流星。踏雪和流星每天随着它们的小主人出去，吃饱了滚着露珠的嫩青草，便在草原上自由奔跑。这两个小马驹的走手真好，就是以快跑出名的黄羊，也未必赛得过踏雪和流星。

三年过去了，两个小马驹长成大马了。戴上了辔头，备起了鞍子，顿珠和卓玛骑上他们心爱的马儿，在草原上游牧。人们看见这一对英俊的少年男女，骑着这么出色的两匹好走马，都发出由衷的赞赏。

年年有个六月六，六月六是一个盛大的节日。茂隆滩上举行赛马会，草原上的骑手们要在这一天较量高低。往年，顿珠和卓玛没有资格参加比赛，只能站在跑道两旁，看着夺了头马的骑手披红挂彩，为人家欢呼叫好。如今，自己有马了，也能在千人万人面前，扬鞭走马，显一显身手了。这两个少年人的心啊，简直高兴得要飞了！他俩仔细地做着赛马前的准备：检查鞍子稳当不稳当，肚带的皮条结实不结实，在新做的辔头上，扎上牛毛染的红缨子；又把马儿用心地刷了好多遍，还牵到小河里去洗澡……他们互相研究骑术：如何出趟，怎样加鞭，用什么技巧超过劲敌，一马当先……他们的心，无法平静，急不可待，盼望着六月六日——那美妙的一天。

他们家里的大人也很高兴，都答应亲自领着孩子们去"浪会"。可惜，就在这当儿，顿珠的阿妈生病了。病人在家，需要人照看。今年的赛马会，顿珠是去不成了！日子很快过去，已经到六月五日，阿妈把顿珠叫到身边，说：

"孩子！赛马的行头，都置备好了吗？"

"阿妈！我不去赛马了。"

"为什么？"

"我要照顾您。"

"不，孩子！你去吧。你爹当了几十年牧人，也没有买下一匹自己的马。他临死的时候，还对我说：'我活了一辈子人，没有在赛马大会上骑马跑一跑，真不甘心啊！'如今，在你的手上，总算养起了一匹马。只要你能跨马'浪会'，和茂隆滩上的骑手们并排跑上一趟，阿妈心里就高兴了。"

顿珠听了，又感动，又兴奋，他一头伏在阿妈的怀里，说："阿妈！您等着吧，儿子会给您带来胜利的喜悦！"

顿珠托一个邻人照看阿妈，自己和卓玛一道，去参加了隆重的赛马大会。

茂隆滩的千户道尔吉，从青海买回来一匹马，叫菊花青。这匹马，高头，宽胸，长鬃，大蹄，样子凶乎乎的，真像一头狮子。道尔吉千户骑着他这匹菊花青，也来参加今年的赛马会。人们看见了，都围过来品评。养马行家一致认为：千户的这马上了趟，别人休想占得上风。

赛马开始了，骑手们纷纷上马。卓玛暗暗指着千户骑的菊花青，对顿珠说："看样子，这是一匹厉害家伙！"顿珠说："我们一定要赛过他！"信号一起，千骑百骑齐出。道尔吉一马当先，一上趟就抢到头里。观众喝彩，千万双眼睛，都看着菊花青的四只马蹄在青草地上奔腾飞舞。

顿珠不慌不忙，两腿一夹，坐下的马儿猛蹿向前，顺手又替卓玛的流星加了一鞭。这样一鼓作气，两匹马都蹬上了劲儿，紧紧地追赶着前面的菊花青。夹道看热闹的人们，不觉高声呼叫，都为这两个出色的小骑手鼓劲，加油！在震天的喊声、掌声中，顿珠和卓玛的两匹马儿，终于赶上了千户，并把他远远撇在后边。踏雪、流星，最先跑到了终点。人们高声欢笑，一齐拥过来，给胜利者披红挂彩，送上隆重的礼物，向这两个夺得头马的少年骑手，恭喜，祝贺……

俗话说："过分的欢喜，往往会带来烦恼。"就在赛马会散场的第二天，千户派了两个管家，分头到顿珠和卓玛家里来。管家传达了道尔吉的命令：限三日以内，把踏雪、流星两匹马献给千户，作为本年交纳的"草头税"。谁敢抗拒，就要被赶出茂隆滩，永远不准在千户管辖的地方居住！

千户老爷的一道命令，给穷牧户的帐篷里降下了灾难。卓玛抱住马脖子，哭红了眼睛。她说："就是要了我的性命，也不能让我的马儿离开我的身边！"阿爸见女儿哭得那样伤痛，对千户的迫害更加仇恨，决定不给道尔吉交马，全家宁愿离开茂隆滩。

卓玛来找顿珠，问他怎么办？顿珠叹了一口气，说："阿妈有病，想走也走不开，假若道尔吉夺去了我的马儿，迟早我会报仇雪恨！"

一对从小结伴长大的好朋友，现在要分别了。他们的心里充满了激愤和哀伤。两人依依难舍，珍重告别：

"别了，卓玛！祝你前途平安！人间的天地，这样宽大，你一定能找到一处没有人迫害人的好地方！"

"再见，顿珠！险恶的魔运，拆不散真诚的友情！我相信，在不久的日子里，我们一定能够相见！"

卓玛一家逃走了，道尔吉千户非常恼怒。他派遣了十名得力家仆，由大管家带领，去顿珠家拉马。寡妇孤儿，自然斗不过千户如狼似虎的手下人。顿珠的马儿踏雪被抢走了。老阿妈本来害着很重的病，经过这样一场惊吓和气愤，一口恶气回不过来，没有几天，就死了！

几家亲近的邻人帮助顿珠把老阿妈的尸体抬出去，举行了火葬。浇上酥油的松柴堆，燃起了熊熊的烈火，顿珠伏在地上，放声痛哭："阿妈啊！保佑您的儿子吧！我如报不了仇恨，怎能安慰您在天的魂灵！"

松柴的火焰熄灭了，尸骨化为灰烬了。帮忙送葬的邻人都走了，只有顿珠还恋恋难舍。他拨着灰炭的余烬，想得到一块亲娘的遗骨。忽然，在那骨灰堆中，他发现了一件东西，光滑圆润，颜色鲜红，形状像一枚鹅蛋，握在手里，暖乎乎的，仿佛还在微微跳动。他认不出这是什么物件，便带了回来，放到帐篷里。

就在当天夜里，顿珠梦见阿妈出现在身边。她抚摸着顿珠的头顶，说："孩子！你从火葬场上拾来的那个东西，就是亲娘的心。我的躯体已经化成了飞灰，只有我的一颗心，却烧炼不死。心在，就如娘在；我将在暗中帮助你报仇雪恨，指引你得到幸福！"

顿珠从梦里惊醒，睁眼一看，只见放在帐篷里的那块东西，亮闪闪放射着红光。红光影里，仿佛站着自己的阿妈。顿珠扑上前去，双手捧住了亲娘的"心"，紧紧地贴在自己的胸前，叫道："阿妈！"

从此，每当顿珠出外放牧回来，就见炉灶里的火旺旺的，铜壶里的奶茶热热的，酥油、糌粑，都预备得好好的。放在帐篷里的阿妈的"心"，闪耀着慈祥的光辉。

肃杀、寒冷的秋天和冬天，终于熬过去了；温暖的春天和夏天又来了。一年一度的赛马会，又将在茂隆滩上举行了。顿珠想到夺马的仇恨至今未报，心里非常焦急。他跪在亲娘的"心"前，祝告道：

"阿妈啊！请您给儿子指示一条报仇的方法吧！我不能容忍，仇人道尔吉至今仍然在草原上称霸作恶！"

当夜梦中，阿妈又出现了。

"孩子！"她说，"报仇的时刻，已经到了。好好记住，照妈妈的吩咐，去办吧——"阿妈仔细教给儿子战胜仇人的方法，指示了走向幸福的路径。

第二天，顿珠卖掉了家里仅有的几只牛羊，把钱带在身边。他照梦里阿妈的嘱咐，去到草原南面的红泥岗上背来了三升红胶土，用茂隆滩上的清泉水和成红胶泥。顿珠就动手用这泥塑造一匹红泥马，把亲娘留下的那颗"心"，封藏在泥马的胸腔里。泥马塑成后，放在草原的露天里，经过三日太阳照，经过三夜露水浸，这天早晨，顿珠跑到放泥马的地方一看，哎呀！泥马不见了！只见一匹高大英俊的赤红马在滩上吃草。看见顿珠来了，那匹红马，昂头长鸣，仿佛在和一个亲近的熟人打招呼。

六月六到了，顿珠骑上大红马，去参加赛马会。千户道尔吉也乘着夺去的踏雪，来到了会场。他洋洋得意，以为今年的头马，再也没有人能够夺去了。

赛马开始了，一切情景，都和去年一样。信号一起，千骑百骑，争先驰骋。人们很快看见一个少年骑手，骑着一匹赤红马，奋力猛冲，犹如一道红光。别人的马还没有跑完半趟，他早已飞到终点，又夺得了头马。人们惊奇，欢呼，围上来看，啊！原来还是去年跑了头马的少年顿珠。这小骑手，真是一位了不起的英雄！

千户道尔吉第二次赛马失败，感到更大的气恼和扫兴。可是，他像苍蝇发现了鲜血，立刻又盯住了顿珠的赤红马，等不到回到家里，就在大道旁边，叫住了顿珠。

"尕娃！"他说，"你这匹马儿，又是从什么地方弄来的？"

"千户老爷！"顿珠回答，"我是您的百姓，您要问我什么话，我只有向您实说，去年我得了头马的那匹马，叫老爷抽了草头税。我每天到滩上拦牛放羊，没有马骑，跑得我腰酸腿疼。我就到喇嘛寺里去给佛爷磕头，我说：'佛爷啊！世界上的事情，真不公平，有钱汉养着好马千万匹，我穷尕娃却连一匹也养不住 —— 您难道睁着眼睛看不见吗？'晚上，我做了个梦，梦见佛爷到我的帐篷里来了，他说：'小顿珠啊！你说的话，使我感到羞愧。世上的不平太多了，我实在管不了许多！为了减轻我的难受，给你赐一匹牲口吧！'说着，他把一条小龙放在了我的帐篷外面 —— 忽然一声马叫，把我从梦里惊醒，我跑出帐篷一看，草地上站着的，就是我这匹赤红马。"

道尔吉听得出神了，说："啊！这么说来．真是一匹龙驹？"

"老爷猜得不错。"管家插嘴帮腔，"不然，它跑得不会有那样快！"

"尕娃！"千户又对顿珠说，"把你这匹龙马卖给我吧？"

"老爷！这样一来，我放牧牛羊的时候，就没有牲口骑了 —— 我不愿出卖！"

"不要紧，我换给你一匹牲口 —— 如果你高兴，就把你去年交了草头税的原马拉去。"

还没有等到顿珠答言，大管家已经把马的缰绳从顿珠手里换过来，并说："快给老爷道谢吧，实在对你太照顾了！"

顿珠装作无可奈何的样子，迟疑了一下，说道："好吧，只要有匹马骑着，我也就很满足了。"说罢，纵身骑上他的踏雪，加了一鞭，朝着太阳升起的远方，飞一般跑去了。

千户高高兴兴，和管家人等七嘴八舌地品评这匹"神马龙驹"，都说，明年的赛马会上，头马的荣誉再也不会被别人夺去了……

忽然，道尔吉惊叫起来："啊！真是粗心大意！换马的时候，为什么鞍子辔头没有换过来？"千户的坐马，常备的鞍子，是紫檀木做的鞍桥、象牙骨镶的鞍圈，还有那黄金叶子的饰件、水磨雕花银镫；那马辔头是丝线结成的，上面有二十四颗金刚宝石；嚼子和环子，都是赤金打造的。单这一套行头，花一万两银子也未必能买得来，怎么能平白地让一个穷尕娃拿走！

千户道尔吉心里非常着急，一面怒骂管家、仆人们都是一群会吃糌粑不会办事的狗才，一面慌忙骑上刚刚换来的赤红马，朝着顿珠走去的方向追赶。管家、仆人们也纷纷上马，随后跟来。可是，千户骑的赤红马，跑得飞一般快，他们哪能追得上——眨眼工夫，就望不见踪影了。

道尔吉只怕顿珠把他的东西骗走，单人独骑，紧追不舍。追了一阵儿，就看见顿珠骑着踏雪在前面飞跑。道尔吉高声喊叫：

"噢——尕娃！等一等！"

"噢——顿珠！站住些！"

………

可是，任他喊破嗓子，顿珠还是马不停蹄，仿佛根本没有听见后面的叫唤声。道尔吉很气恼，咬着牙齿，恨恨地说："看你尕娃飞到天上！"他扬鞭催马，想一鼓作气追上顿珠。可是，距离那么数箭之地，看得清清楚楚，就是追赶不上。这两匹马，一前一后，朝着东边的方向，如飞一般奔跑，跑过千里草原，越过万重大山，冲出森林，穿过沼泽……只听耳边呼呼风响，半日工夫，不知跑过了几百几千里路，也不知跑到了什么地方。突然，前面清波闪闪，一条大江拦住去路。道尔吉高兴地想："尕娃！这下可要叫我抓住了！"转眼之间，顿珠已跑近大江岸上，他毫不犹豫，纵马跳入江中。只见那踏雪四蹄翻飞，踏着江波水浪，从水面上直跑向大江对岸去。这时，道尔吉也已赶到。他心里有点害怕，想勒住自己的马；不料，那匹赤红马跑得像强弓射出的飞箭，一时之间，哪里能收得住。只听"扑通"一声，连人带马跳入江心里去了。那马原是泥塑的，经水一浸，很快就泡散了。当顿珠跃马登上江岸，回头看时，千户道尔吉已经沉没江心。只看见一只戴着宝石戒指的手，在浪花中绕了几下，就再也不见什么踪影了。顿珠默默祝告道："阿妈！恶人道尔吉死了，仇恨已经报了，您的魂灵，安息吧！"

西下的太阳射出万道彩霞，照耀着这美丽的山川。百鸟争鸣，繁花盛开，青草铺地，绿树成荫……这是什么地方？风景如此优美！顿珠正在马上流连观望，忽然，从山坡那边传来了银铃样嘹亮的歌声。"啊！多么熟悉的歌声！这不是卓玛在歌唱吗？莫非我是在梦中？"

顿珠正在惊异地想着，山坡下转来一片白白的羊群，一个姑娘，骑马跟在羊群后面，一面缓缓行走，一面随意歌唱。顿珠仔细一看，不觉高声惊叫起来："噢！卓玛——"

姑娘听见了，惊喜地抬起头来：

"啊？顿珠——"

那两匹马儿也同声欢叫，就像它们的主人一样，心里充满了久别重逢的欢乐。

（藏族民间故事）

# 花牛犊儿

河西地方山连山，有一座荒山叫梅鹿山。梅鹿山下住着个老婆婆，养着个花牛犊儿。老婆婆孤身一人，那花牛犊儿就像她的儿女一样。清早，老婆婆打开牛圈门儿，放出花牛犊儿，说：

"乖乖！上山吃草去吧。小心野兽，早去早回。"

花牛犊儿点点头，摇着尾巴向山里走去。

太阳偏西，金光铺满了山路，花牛犊儿吃饱了青草，背上驮了两捆干柴，走回家来。

这一天，太阳西斜了，该是花牛犊儿回家的时候了，可是，花牛犊儿没有回来。

老婆婆心里着急，站在柴门口，朝那弯弯曲曲的山路瞭望，腿站酸了，眼睛望花了，还是看不见花牛犊儿回来。

太阳落下西山，天黑了。老婆婆等不来花牛犊儿，便拄了拐棍儿，到山里去找。她一路走，一路叫：

"花牛犊儿！我的小乖乖！你在哪里啊？"

"花牛犊儿！我的小乖乖！你快回来噢！"

……

往常，只要老婆婆一喊"花牛犊儿！我的小乖乖！"，花牛犊儿就会"哞哞"地答应。可是，这一回，老婆婆的嗓子都喊哑了，总听不见花牛犊儿应声。

老婆婆找不着花牛犊儿，就问山里一只白兔儿："兔儿，兔儿！你看见过我的花牛犊儿吗？"

"唉！"白兔儿先叹了口气，说："老人家！你的花牛犊儿，叫梅鹿山背后过来的黄狼精吃掉了。今夜里还要吃你来哩！"

老婆婆听了，又伤心，又害怕，呜呜咽咽地哭着，走下山来。她哭得那么悲痛，她哭得那么可怜，所有听到老婆婆哭声的东西，都为她心酸！

老婆婆走过打麦场，场上的碌碡问她："老人家！你为什么这样难过？"

"我可怜的花牛犊儿，叫山里的黄狼精吃掉了！今天夜里，它还来吃我哩！"

"老人家！别害怕，黄狼精来了我砸它！"

老婆婆走到瓜园边，园里的甜瓜问她："老人家！你为什么这样伤心？"

"可恶的黄狼精，吃掉了我的花牛犊儿！今天夜里，它还来吃我哩！"

"老人家！别伤心，黄狼精来了我把门！"

老婆婆进到屋里，门坷垃里的鸡蛋问她："老人家！你怎么这样忧愁？"

"我的花牛犊儿，叫山那边来的黄狼精吃了！今天夜里，它还要吃我来哩！"

"老人家！莫着急，黄狼精来了我剥它的皮！"

老婆婆上到炕上，针线笸箩里的锥子问她："老人家！听不见花牛犊儿的叫声，只听见您的哭声，这是怎么啦？"

"花牛犊儿回不来了，它叫山里的黄狼精害死了！今天夜里，黄狼精还来吃我哩！"

"老人家！别发愁，黄狼精来了我扎它的头！"

碌碡、甜瓜、鸡蛋、锥子，来到一起，商量对付黄狼精的妙计，搭救老婆婆，为花牛犊儿报仇！

碌碡蹲到门头顶上，甜瓜趴在房门地下，鸡蛋藏到火炉膛里，锥子躲在被窝角里，它们"埋伏"好了，等候黄狼精。

一更、二更，门外刮起一阵大风，黄狼精来了！"砰砰砰砰！"门儿敲得连声响。

"老婆婆，老婆婆，开门来！"

"谁呀？"

"我是你的花牛犊儿回来了。"

"你到哪里去了？"

"黄狼哥哥请我吃酒去了。"

"房门拐棍儿顶着，你一推就开了。"

黄狼精使劲一推，房门开了，它一下扑到炕跟前。

"老婆婆，老婆婆！我哪里睡？"

"你到你牛圈里睡去！"

"不，我要和你睡！"黄狼精说着，伸出毛茸茸的爪子来抓老婆婆。老婆婆吓得缩到炕角角里，牙齿磕得咯哒哒响。这当儿，锥子从被角跳起来，"嗖"的一下，戳瞎了黄狼精的左眼。

"啊呀！"黄狼精大叫一声，"什么东西咬了我一口？"

"不是虼蚤咬，就是蚊子叮！"

"哪里有这么厉害的虼蚤、蚊子？"

"你不信点上灯看！"

黄狼精走到火炉跟前，吹火点灯，脸刚对到炉口上，"嘭"的一声，鸡蛋在火灰里爆炸了，把黄狼精的右眼炸瞎了。

黄狼精疼得大声吼，冲到门口想逃走，一脚踩在甜瓜上，刺溜滑了一跤，跌断了黄狼精的腰。

门头顶上的碌碡砸下来，"啪嚓"一声，砸碎了黄狼精的大脑袋。

不喊了，不动了，黄狼精躺在地上断气了……

黄狼精除掉了，给花牛犊儿报了仇。可是，老婆婆仍然很愁闷。她看不见花牛犊儿吃草，听不到花牛犊儿哞哞叫，心里多么孤单啊！

她拄着拐棍儿，独自走上梅鹿山，请小白兔儿引路，找着了花牛犊儿的尸骨。肉叫黄狼精啃光了，血叫黄狼精喝干了，只有一堆零散残缺的白骨，乱丢在山沟里。老婆婆哭着，把花牛犊儿的骨头细心地捡在一起，带回家来，埋在屋后空地里。

几天工夫，在花牛犊儿的坟头上，长出了一株小树苗。老婆婆心里高兴，上粪，浇水，锄草，小树苗长了三尺高。青枝青，绿叶绿，绿叶丛中，结了一个大花苞。

花苞还没有开放，已经散出十里清香。对对蝴蝶飞，阵阵蜜蜂来，花牛犊儿的坟头啊，好一片春光！

这一天清早，老婆婆提着水桶儿，到花牛犊儿的坟头来浇树。太阳的金光照着树叶，树叶上的露珠儿，亮晶晶的。老婆婆越看越爱，舍不得走开。忽然，那树梢枝头的大花苞，颤巍巍地动起来，花瓣儿慢慢地伸开，伸开……开出一朵火焰焰的大红花。多奇怪啊！就在这朵红花芯芯里，坐着个光身子的胖娃娃。

胖娃娃望着老婆婆，笑眯眯地开口说起话来："妈妈！把我抱下来吧！"

老婆婆又惊又喜又害怕，忙问："娃娃！你是谁呀？"

胖娃娃回答："妈妈！您的花牛犊儿回来了！"

老婆婆一听，全明白了——这憨敦敦的胖娃娃，正是花牛犊儿变生的。她走上前去，抱下娃娃，说："孩子啊！可把妈妈想坏了！"她亲着娃娃的脸蛋儿，欢喜得流下眼泪来……

老婆婆给娃娃取了个名，叫牛娃儿。牛娃儿长到几岁，忽然在他的秃脑袋上生出了一对牛角儿。牛角儿尖尖的，硬硬的，扎竖竖地长在头顶上，连帽子也戴不成了。看见的人们都说，这娃娃是个妖怪，快丢到深山里，让野兽吃去。别人的闲言，说不转老婆婆的心。不管牛娃儿长的多丑多奇怪，她还是那么疼爱。可是，人头上长角，到底不好看，老婆婆问牛娃儿：

"孩子啊！好端端的，你的头上怎么长出角来了？"

"妈妈！我的角有用处。"

"有什么用啊？"

"妈妈！"牛娃儿说，"我家门前这片荒坡，是块宝地；可是，没有金犁头，犁不开它。我家房后，有块卧虎石，石头里藏着金犁头；可是，没有我的尖尖角，破不开它。到明天，我的一对角儿，就长足一百天，我要打开卧虎石，取出金犁头，犁开荒坡地，栽种摇钱树！"

房后面，确实有一块牛大的白石头，上有三个大字：卧虎石。据说，从前有一只老虎，经常卧在这里守着石头。后来，猎户们把老虎打死了，可是谁也不知道石头里藏着宝贝。

第二天，牛娃儿用他的尖尖角儿，来磨这块石头。

"哧喽！哧喽！哧喽！……"牛娃儿歪着头，抵着角，一下一下用心磨。石头太硬，磨了三天，才磨下了一道白印。

老婆婆说："孩子！算了吧！这么费劲，几时才磨开这块石头啊？"

牛娃儿回答："妈妈！铁梁磨绣针，功到自然成！"

"哧喽！哧喽！哧喽！……"牛娃儿歪着头，抵住角，一下一下继续磨。从白天磨到黑夜。从日出磨到月落。牛娃儿的头上，磨出了鲜血！

老婆婆又说："孩子！算了吧！我们没有金犁头，也能过活，看把你折磨得多苦啊！"

牛娃儿回答："妈妈！不吃苦中苦，哪有甜中甜啊！"

"哧喽！哧喽！哧喽！……"牛娃儿不停地磨，左角磨疼了，又换上右角。石头硬，牛角硬，磨得石头冒火星。石头槽槽越磨越深了，牛娃儿头上的角儿越磨越短了。磨了九九八十一天，牛娃儿头上的一对尖尖角儿，全磨光了。就在这一天，"轰隆"一声响，卧虎石一分两半！石头里面，金光灿烂，果然放着一架金犁头。另外还有几十枚金钱、一堆红玛瑙瓶儿和一串圆溜溜的珍珠。牛娃娘俩看着这几样东西，心里多么欢喜啊——辛苦没有白费，宝贝到底出世了！

就用这架金犁头，牛娃儿前面拉着，老婆婆后面扶着，犁开了门前的荒坡地。

种什么？种宝树。用什么当种子？一枚一枚的金钱，一颗一颗的珍珠。在那玛瑙瓶儿里，装上牛奶，一只一只地埋到地里。

泉水浇，太阳晒，种得好，长得快。三日发芽，七日出土，十天半月，满树开花。金花黄，银花白，玛瑙开花红似火。花开花落，结成满树果。

金钱树 —— 索索罗罗的金钱闪金光！

珍珠树 —— 一串串的珍珠晶晶亮！

最稀罕的还是玛瑙树 —— 玛瑙树上结满了红玛瑙瓶儿。摘下瓶儿，打开瓶口儿，雪白的鲜奶往外流，想喝多少，就有多少。

有了这无价的宝贝树，牛娃儿供奉着他的老妈妈，享不尽的幸福。金钱宝贝多，自己用不完，就拿来分给左邻右舍。这一带的穷苦人家，都过上了好生活。

好日子没有过上几天，引来了无数的麻烦。在过去，梅鹿山是荒山，也没人游，也没人管。自从牛娃儿家种下宝贝树，消息传开，官、绅、兵、商……千里来。他们明争暗夺，都想在这摇钱树上发大财。官府要抽税征粮，军队要屯兵驻防，商人们抢着做生意，豪绅财主都想瓜分这块好地方……车来了，马去了，官差刚走，地主又到。他们争着，嚷着，吵着，嗡嗡嗡嗡，好像鲜血上围了一群苍蝇，直闹得牛娃儿家，日夜不安，鸡犬不宁！

吵得老婆婆实在受不住了，背地里对牛娃儿说："孩子啊！快想个法子，打发他们走吧！就是不要这些金银珠宝也行，让我安安静静过几天清静日子吧！"

牛娃儿说："妈妈！这个地方住不成了，我们搬家吧！"

一天夜里，月亮明晃晃的，牛娃儿搀着他的老妈妈，离开梅鹿山，不知到什么地方去了。

自从牛娃儿母子离开梅鹿山，他家门前的珠宝金钱树，立刻都变了样。那黄灿灿的金钱树，变成了粗皮麻叶的山榆树。山榆树上没有金钱，只有榆钱。山风一吹，榆钱摇落地面。除了穷人家扫去煨热炕，再没有一点儿别的用场！

那亮晶晶的珍珠树，变成了野李树。野李树上没有一颗珍珠，结满了索索罗罗的毛李子，个儿只有豌豆大，味道又酸又涩。任凭它自生自落，谁也不爱吃它！

那红焰焰的玛瑙树，变成了低矮杂乱的牛奶头刺。牛奶头刺上结着一种指头蛋大的红果实，样子倒像个瓶儿；可是，它既不是玛瑙，里边也没有牛奶，而且上面尽生了些小刺刺，人们连摸都不愿意摸它！

那伙想在梅鹿山下争财夺利抢宝贝的人，都扑了一场空，扫兴而去，再也不上这里来了。

直到如今，梅鹿山下，满坡满沟，到处生长着这三种树木——山榆树、野李树和牛奶头刺。


（汉族民间故事）

# 神箭手射雁

正如人们常讲的许多故事一样，我这个故事里也有一个国王。当然，有国王不能没有公主，而且，也是一位非常美丽的公主。公主已经长大了，国王问她愿意嫁一个怎样的丈夫。

"父王啊！"公主说，"我们的国家是个弱国，很需要英雄好汉来抵御外来的侵略——如果让我来选丈夫，不论贫富贵贱，只要是武艺出众、弓马纯熟的战士，我就愿意嫁给他。"

国王觉得公主这个想法很好，于是，传出了一道御旨，为公主招一个武艺高强的英雄做驸马。立刻，消息在全国传开了。很多年轻人，都想娶美丽的公主做妻子。

草原上有一个牧主的儿子，他本来是一个游手好闲的人，平常只知道坐在帐篷里喝酥油奶茶，什么本领都没有。可是，他听到国王招驸马的消息，便也心里痒苏苏的。于是，他在他的马群里，挑选了一匹最好的马，又到城里，选购了一张雕花宝弓，并且在他的所有箭杆上都刻上了一行字：天下第一神箭手。就这样，他把自己装扮成一位武士的模样，先到草原上去实习围猎。他想，只要能侥幸射着一只山鸡、野兔，就有资格去应聘了。

自封"天下第一神箭手"，那倒并不难；可是，要真能射下飞禽走兽，并不是随随便便就能办到的。因此，这位"神箭手"到处奔走了很久，结果却连一根野鸟的羽毛都没有射着。

他很气恼，暗想："凭我这样一个汉子，不会连一只禽兽也射不着，一定是我使用的弓箭不好的缘故！"

于是，他另请了几个高手匠人，为他重新造一套弓箭——弓背是用金丝缠的，弓弦是用虎筋拧的，箭头是用银子打的，箭羽是用孔雀毛粘的——呵，这真算得世界上最漂亮的弓箭了！

牧主的儿子很高兴，他带上这套新制的弓箭，又去射猎了。恰巧，天空有一队鸿雁飞过，他开弓射了一箭；弓弦响时，竟有一只雁翻着筋斗，从白云下面跌落到草原上。牧主的儿子大喜过望，他纵马扬鞭，跑过去拾起了那只中箭的死雁。

"哈哈哈哈……"他狂笑起来，"谁能说我不是天下第一神箭手呢？像我这样高强的武艺，难道还不配做驸马吗？"

但当他仔细检查猎物命中部位的时候，意外地吃了一惊——原来穿在鸿雁喉咙上的却不是他本人的箭。显然，这雁是另一个什么人射下来的，不过恰巧在那时候，他也放了一支空箭罢了。他懊丧地想了一会儿，心里说："不！好容易我才得到了这么一只雁，这应该是我射下来的，无论如何，不能让别人抢去！"

他这样想着，便拔掉那支普通的箭，把他刻着"天下第一神箭手"的孔雀翎毛的银箭插到死雁的脖颈里，打马就要回去。这时候，从远处走来一个年轻的猎手，拦住了他的马头。

"朋友！"猎手说，"你怎么能把我射下来的雁拿走呢？"

"你胡说什么！"牧主的儿子答道，"我没有见到你的什么雁。你在哪里射的，就到哪里去找吧。"

"用不着我到别处去找——在你手里提着的，就是我射的雁。"

"什么？这是你的雁？你真是闭起眼睛说瞎话！你也没有仔细看一看，这只雁的脖子上，究竟穿着谁的箭？"

年轻的猎手看了看，冷笑一声，说："你偷着换去了我的箭，那也不行——事实如此，这是我射下的雁！"

就这样，两个人各不相让，争吵了半天，吵得不得开交。最后，他们便一同去见国王，请求给予公正的裁判。国王听完了他们各自的申述，也实在没有办法弄清楚这只雁到底是谁射的。

"我聪明的孩子！"国王对公主说，"还是由你来断断这个官司吧！"

"是真金，就不怕烈火烧炼；是英雄，就不怕当面试验。"公主对两个猎手说，"看，天上的鸿雁，一队一队飞过，你们两个人，何妨就来比试一下！要是谁能够射下天空的飞雁，唔——"

"是的，是的！"国王接着说，"要是谁能射落飞雁，我的女儿就许配他！"

公主高明的主意，立刻得到在场所有人的一致赞扬。于是，一场精彩的比试开始了。公主离开自己的座位，亲自监视这两个竞赛对手射猎。这时候，正有一队鸿雁"咕噜，咕噜"从头顶飞过。

公主问："你们谁先射呢？"

年轻猎手回答："就让他先射吧。"

"不！"牧主的儿子说，"还是让你先射——我要等到最后，才向我们尊贵的公主，奉献我的绝技！"

猎手不再推让，抽出弓，搭上箭，仰天看得准确，嗖地射了一箭。

立刻，就有一只鸿雁中箭坠地。

"真是好本事！"国王、公主和所有随从侍臣都发出一片喝彩声。

牧主的儿子一见对手先取得优胜，心里早就慌了。他真希望这时候，天空不再出现飞雁。可是，接着就另有一支雁队"咕噜！咕噜！"飞过来了。

公主笑着说："现在，就看你的了！"

牧主的儿子没有办法，只好慢慢地抽出雕弓，迟迟地搭上羽箭，装腔作势，向天空瞄准。瞄了老半天，也没有勇气把这支箭射出去。公主等得不耐烦了，便走到他的身后，在他的肘子上轻轻撞了一下，催促道：

"你快射呀！"

牧主的儿子给公主这么突然一撞，心里不觉一惊，手略一松，那支箭便滑脱弓弦，直向天空蹿去，恰巧碰在一对并排飞着的雁身上，立刻双双带箭，落下地来。

这意外出现的"奇迹"，使所有的人都惊得呆了。当然，牧主的儿子也万万没有料到他的箭会碰得那么巧。现在，既然两只雁分明已经射中，他的胆子，就马上壮起来了。

"公主啊！"他说，"您刚才不该撞我那么一下子——我是等雁队排好了，要一箭射下三只来，可惜，因为您这么一撞，我仅仅射下了两只！"

大家听他这么一说，都被他的鬼话迷惑住了。于是，纷纷议论，都赞扬他真不愧是一个"天下第一神箭手"！

这时候，公主笑着对年轻的猎手说："你是一个很不错的弓箭手！

可是，你今天遇到了比你手段更高的劲敌——你输了。"

年轻的猎手回答："是的，公主！也可以说是我输了，不过，我的劲敌是这偶然的'巧合'，却不是这位冒充的神箭手！"

说罢，他就扬长而去了。

"呸！"牧主的儿子啐了一口，说，"各位都看得明白，他在事实面前，还不认输——这才是一个真正的骗子呢！"

国王选得了这样一位一箭能射双雁的"神箭手"，心里非常满意，便把公主许配给他，择定三日后举行婚礼。

不料，刚到第二天，就突发事变——邻邦的强敌，窜入国境，进逼都城，战事爆发了！国王当即召见了新招的驸马，要他上阵退敌。公主连夜亲手绣了一面锦旗，旗上是金光闪耀的七个大字：天下第一神箭手。

第三天，国王、公主及全体臣子，都登上城楼观战。牧主的儿子虽然心里吓得发抖，但还是强装好汉，硬着头皮，领兵上阵。敌人的军营里，恰巧也有一个出名的好箭手。当他们看到那面锦旗上绣的大字时，便提议在阵前比赛射箭。当然，在战场上比试，那就不同于向天空射雁了——双方互射，不是你死，就是我亡。

国王接受了对方的要求，下令驸马与敌人当众比箭。牧主的儿子心慌意乱，连向对手射了三箭，都落空了。他急忙拨转马头，正想落荒逃走，敌人已从后面赶来，只听弓弦响时，一支箭已从他的背后穿透前胸，他当即栽下马来，死了。

所有在城楼上观战的人们都大惊失色，就在这时候，那年轻的猎手不知从什么地方跑了出来，他挽弓搭箭，只一下，就射倒了跃马奔驰的敌方箭手。国王大喜，趁势擂鼓催兵，一战就打败了敌军。

故事就这样结束了。你们一定能够猜到，经过这样一次重大的考验，美丽的公主，才真正选到了一位英雄的丈夫——年轻的猎手。

（裕固族民间故事）

# 巧木匠

河西有个龙山镇，镇上有几家姓张的木匠，手艺高超，远近驰名。本地几处名胜建筑，如香林寺的七宝木塔、石洞峡的九层钟楼、锁浪河的卧虎大桥、新泉沟的连环水磨……都是张家人争了脸面的大工程。据人们传说，他们的祖先，是西凉王的驸马、鲁班爷的徒弟。说起来，这真是一个有趣的故事。

从前，龙山镇住着个张老汉，他有三个儿子，大儿子叫福娃，二儿子叫贵娃，三儿子叫才娃。张老汉为人忠厚，过日月细致；不抛撒一粒米，不浪费半条线；遇到手头有几个闲钱，都好好积存起来；真是"针尖上削铁"，积少能成多，年长月久，竟然攒下了三百两雪花白银。有一天，张老汉叫来自己三个儿子，对他们说："娃呀！你们都长大成人了，我也一年比一年衰老了。有志气的后生，不指望吃先人挣下的现成饭。这里有三百两银子，给你弟兄每人一百作盘缠。你们各奔前程，拜师访友，学一种自立谋生的本领。记住，莫要贪图荣华富贵，双手要勤劳，心地要真诚！"

三个儿子听了老汉的嘱咐，拿了银子上路了。他们走到三岔路口，互相告别。张福说："我发不了大财，就不姓张！"张贵说："我当不上高官，不回家乡！"只有张才，憨憨地笑着，不说什么。两个哥哥问他："三兄弟！你也说说你自己的志向。"

"我想学点手艺，养活年老的爹娘。"

张福、张贵听了，都暗笑张才没出息。

张家三弟兄，个人抱着个人的主意，在三岔路口分手，向三条道路走去。

老大张福，走了不远，遇见了一帮买卖人。他把一百两银子入了股，搭伙结伴，穿州过县，做生意去了。

老二张贵，使银子捐了个"功名"，升了七品知县官，走马上任去了。

只有老三张才，牢牢记住临行前爹爹的嘱咐，一不图功名，二不贪富贵，只想拜投名师，学一种于世有益的技艺。他登山渡水，远走万里路，游到山东地面，在一个老木匠鲁班的门下，当了徒弟。

三年日月，一眨眼过去了。张家三弟兄，功成名就，一齐回乡了。

张福生意兴盛，一本万利，做买卖挣了大钱。十头骡子，驮着金银珠宝；十辆车子，拉着绫罗绸缎；骑的是高头大马，穿的是绸袍缎褂。家人伙计，拉着牲口赶着车，吆吆喝喝，从东面路上走过来 —— 好大的排场！

张贵做官走运，三级连升，县官卸任，又补了州官。头戴乌纱帽，身穿大红袍，坐的是八抬大轿，前面敲锣，后面放炮。三班衙役，前呼后拥，从西边路上走过来 —— 真是八面威风！

张福、张贵来到三岔路口，亲亲热热会了面。他们说："咱兄弟俩，光杆儿出门，大富大贵回乡，总算给祖先争了光；但不知我们三兄弟张才，如今混得怎么样？"

正说着，从南面大路上远远走来一个人，身上穿布衣，脚下踏草鞋，肩头扛一套木工家什，满面风尘，孤身走过来。仔细一看，正是老三张才。

张福、张贵看见张才那副寒伧、粗俗的样儿，唯恐弟兄见面，攀几句家常，也会叫手下人笑话。不等张才到跟前，便催马起轿，先自走了。张才也不计较这些，他看着家乡景致，想着骨肉团聚，心里欢欢喜喜，回家来了。

张家三弟兄回到家里，对二老爹娘各自诉说了离家三年的生活。张老汉听完，叹了口气，只说了三句话："做高官，谋厚利，不如三娃拉大锯！"

张福、张贵满以为自己做了官，发了财，老爹爹一定会夸奖他哥俩有出息，想不到老头子脾气这么古怪，把"百万财主""四品官"说得连个穷木匠也不如。两个人听了，又扫兴，又生气。

"爹！"张福说，"既然你三娃那么好，你就去跟他生活吧！"

"老三！"张贵又说，"我要拆去这些老房旧屋，重盖高楼，再造府第，你们得自己另找住处！"

张才听了，也不争执，也不生气，对两位老人说："爹，妈！跟我走吧。"

张老汉点点头，说："好，我们走！"

张才拾掇了几样日用家什，引着爹娘，来到城南角一座破窑里，安了家。他成天不出窑门，用心地雕刻着一样东西。三天过去了，带来的一点儿粮食快吃完了。

张老汉说："三娃啊！你出去寻点活儿干吧！不然，眼下就揭不开锅了！"

张才一点儿也不发愁，笑嘻嘻地说："不怕，我们有肉吃。"

"傻娃子！你有钱买肉吗？"

"我这里有个好猎手，保您天天吃肥肉！"说着，张才把他雕造的那样东西举起来叫爹妈看。原来是一只尖嘴利爪的木老鹰，蹲在拳头上，还噗嗒噗嗒扇翅膀呢。张才拿着木鹰，走出窑洞，把鹰脖子拧了三转，把鹰腿扳了两扳，猛向天空撒手一撩。说来真稀奇，那木头做成的老鹰，竟然像活的一样，展开一双大翅膀，高高飞起来，在半空里旋了三转，直向南山里飞去了。约莫过了两个时辰，木老鹰抓了一只山鸡、一只野兔，径直儿飞回来，落到窑洞里。

每天放出木老鹰，肥兔儿、嫩鸡，按时抓来。煮的煮，炒的炒，大盘满碗，一家三口人，吃也吃不了。张才还是躲在窑洞里，制造另一样东西。

张老汉又说："三娃啊！咱家这小土窑，黑咕隆咚的，挡手绊脚的，你也算拿得起锯子、斧头的好匠人，为啥不另盖点宽展房屋咱们住？"

张才听了，笑着对老汉说："爹，你想住好房子，不用费那大的功夫。再过两天，咱们就搬到对面那大宅子里去。"说着，用手向门外一指，土窑对面，是一座整齐的大宅院：铺青砖，盖绿瓦，高楼角上响铁马；绿纱窗，红漆门，通天柱子上描金龙；玉石栏杆张口兽，琉璃狮娃儿滚绣球……门面装修，样样讲究。就是日久不住人了，看起来有点儿空落落的，阴森森的。张老汉一听儿子要住这座院子，吓得吐出了舌头，说："娃啊！想是你不要性命了——难道你不知道那是住不成人的妖宅？"

原来这座大宅院是一家官宦的府第，两年前忽然闹起了妖精，吓得这户人家不敢住了。房主人还出过一张告示帖子：谁能降除妖精，本宅就归谁所有。可是，妖精很厉害，没有人敢去斗它，这座好好的宅院便空置在那里。张才一搬到这里来，心里早想好了主意。他听人说，宅子里的妖怪，是个黄狼精。张才这几天，细心雕造一只桃木猎狗，要去捉那黄狼精。张老汉听儿子这么一说，心里半信半疑。

"娃啊！木头狗能降住妖精吗？"

"诸葛亮的木牛能驮粮，张才的木狗会捉狼！"

张才花了七天工夫，桃木猎狗做成了：尖尖的耳朵，细细的腰，一排排牙齿利如刀，追风赶电跑得快，一跃能跳丈八高。别看它是木头造的，那追捕咬杀的本领，真赛过杨二郎的哮天犬哪！当天晚上，夜静更深，张才把他的桃木狗暗暗送进大宅院里。不大一阵工夫，听到后楼上"扑啦""叮当"一阵响，就知道木狗和妖精斗开啦。张才躲在大门外，悄悄听着。后来，那追扑咬嚼的声音，从楼上响到楼下，从内院响到外院，直到大门口。月光底下，忽见一团黑影，跳出墙来。张才一见，失声叫道："哎呀！妖精跑了！"话音还没落点，桃木猎狗随后追来，"汪"的一声，咬住了那个黑东西。那东西在地上挣扎打滚，吱哇吱哇乱叫唤。叫了一阵儿，就不叫了。张才跑过去仔细一看，原来是一只黄毛老豺狼，喉咙管子已经被咬断，僵僵地躺在一摊黑血里，死了。

黄狼精除掉了，宅院安静了。张才一家三口搬进去住，成了这座房产的主人。

张才的木老鹰，会拿野兔、捉山鸡；张才的木猎狗，咬死了成精的老黄狼。巧木匠的名声传四方，人人说，个个讲，惊动了甘州的西凉王。西凉王有个三公主，三年前被一个三头狮子精摄去了。狮子精住在盘龙湾，不知吃了多少人，白骨堆成几架山。西凉王行过一道榜文：谁能降了狮子精，救出三公主，就招他做东床驸马。可是，狮子精神通广大，谁也不敢去惹它。三年过去了，没人敢揽这道榜文。如今龙山镇出了巧木匠，喜信传来，这可乐坏了西凉王。立刻传了旨意，把张才请到王宫里。

"小张才啊！"王爷说，"你能除掉三头狮子精，救出我的三公主吗？"

"试一下。"

"你若能除掉狮子精，救出公主，要官，封你千户侯；要钱，给你黄金万两；要妻子，招你做东床驸马！"

"我什么也不要——能降了狮子精，为地方除害；降不了狮子精，王爷不要见怪。"

西凉王一听，心里喜欢，亲自带了三千御林军，去观看张才降妖。

张才带上他的木狗、木鹰，随着西凉王的大兵来到盘龙湾。盘龙湾，山高水险，立陡陡的悬崖上，有一个大石洞。兵马扎到山顶上，放了三声号炮，惊动了洞里的狮子精。石门开了，狮子精跳出来了，好一个凶恶的老妖：满身披着长毛，六只眼睛，像六盏灯；张开大口，像三个血盆；舌如刀，牙如剑，大吼一声，地动山摇；张牙舞爪，叫人胆战心惊！

张才一见，先放出他的木头老鹰。木鹰扑啦啦展翅飞起，在空中旋了一圈，看准狮子精，直冲下来，抡开一双利爪，一下抓住狮子精中间那颗头，又用那铁钩鹰嘴去啄狮子精的眼睛。狮子精慌了，急忙张开左面大口，使劲咬去，只听"咔啪啪"一声响，把个木头老鹰咬成了碎片片！

张才见木鹰降不住狮子精，赶紧又把桃木猎狗放出来。猎狗猛蹿过去，"汪"的一口，咬住了狮子精的脖子。好猎狗，不松口，咬得狮子精大声吼。狮子精疼急了，猛力一甩头，把猎狗抛到石崖上，"咔嚓"一声，桃木片片飞溅，猎狗也摔坏了！

山头上观战的西凉王，一见张才的两样东西都叫狮子精破坏了，心里又惊又怕。幸好狮子精也受了伤，跑回洞里去了。这才叫过张才，说道："小张才啊！狮子精这么厉害，我的女儿，怕救不出来了！"

张才说："王爷！要想除掉狮子精，得有一条金龙。"

"金龙？这到哪里去找啊？"

"金龙人间找不到，巧匠手中能制造。"

"你能造吗？"

"能造！"

西凉王一听，心里高兴脸上笑："好，张才！到王宫里去造吧。要什么材料，给你什么材料……"

张才来到王宫，使出全身本领制造金龙——九九八十一段紫檀木，做成了龙身；三千三百三十片黄金叶，铺了龙鳞；两颗碗口大的夜明珠，镶了龙眼；一口大刀当龙舌，四把宝剑为龙齿；那金龙的利爪，都是钢钩磨炼的……费了七七四十九天的功夫，做成了一条宝光闪闪的大金龙。

这一天，张才骑龙空中走，西凉王带领人马随后紧跟。庶民百姓听到这个消息，从四面八方拥来，都要看看，金龙如何斗狮子精。单看那四面山上，彩旗飘，人声喊，锣鼓号炮声震天，千人万马，团团围定了盘龙湾。狮子精自从叫猎狗咬伤，恨透了西凉王，这几天伤已养好，正想到王宫去报仇。忽见西凉王又寻上门来，恼得它颈毛倒竖，六眼圆睁，大吼一声，从洞里冲出来，张血口，舞利爪，直向山头扑来，恨不得把遍山人马一口吞掉。狮子精刚要行凶，忽听半天里"咔嚓嚓"一声震天雷响，一条蜿蜿蜒蜒的大金龙，踏着黑云，喷着烈火，劈头来抓狮子精。狮子精吓了一跳，慌忙迎住，便在山坡下打起了一场恶战！你看那：长毛乱抖，金甲闪光；三头摇晃，钢爪飞舞；云雾笼罩，烟火飞腾……从清晨斗到中午，从中午斗到日偏西，从日落黄昏斗到星月满天，又从黑夜，一直斗到天明。整整斗了一天一夜。金龙越斗越猛，狮子精早已筋疲力尽。金龙脖颈一弯，使了个"飞刀切瓜"的架势，金刀舌头一扫，"嚓"的一声，就砍落了一只狮子头。狮子精忍着疼痛，抹头逃走。这时候，三公主也站在洞口观战，她见金龙战胜，狮子精受伤逃来，慌忙关住了洞口石门。狮子精没处逃躲了，金龙赶上来，伸爪抓住，用力一撕，便把这凶恶的狮子精活活地劈成两半。观战的人们齐声拍手叫好，都说这金龙本领高，又夸张才的手段巧！

降除了狮子精，救出了受难的三公主。西凉王要封张才千户侯，张才不做官；要给黄金万两，张才不爱钱；有心把三公主嫁给张才，又嫌他是个木匠，怕失掉了王室的体面。正在为难的时候，三公主说话了："爹！孩儿叫狮子精摄去，九死一生。多亏张才造了金龙，降了妖精，救了女儿性命。他是人间的巧匠，世上的英雄——除了他，我不嫁别人！"

西凉王没法子，就把张才招为东床驸马……

再说那张才的两个哥哥：老大张福，做生意奸诈，赚下了十万贯

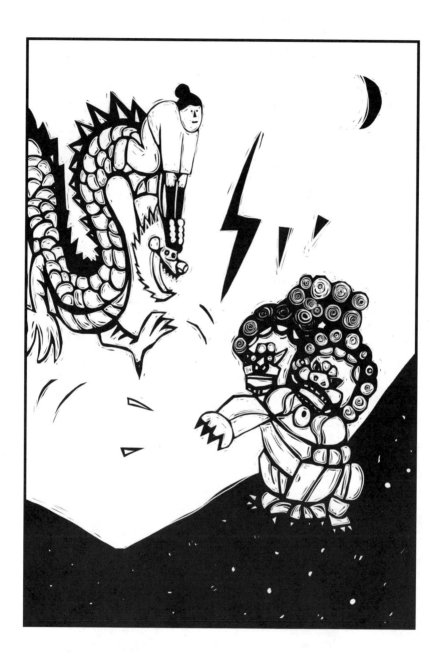

家产，心还不足。有一次出海贩卖洋货，为抢一桩买卖，打起架来，被他的同行对头丢到海里淹死了。老二张贵，做官心贪，断案糊涂。收赃款，害人命，老百姓都恨他。有一次卸任回京，在半路上，不知叫什么人杀死了。

张才虽然招了驸马，却过不惯王宫里闲散生活，便和三公主商量，两口子仍回到家乡。张才还是做他的木匠营生，三公主布衣淡饭，尽心孝顺公婆，一家人和和美美，过着勤劳的日子。

河西一带的立轮水磨，相传就是张才创造的。龙山脚下，还有一处"公主坟"，据说是张才夫妻的墓地，那里有几株古松老柏，生长得苍苍翠翠，至今还很茂盛。

（汉族民间故事）

# 猴子裁判员

有个猎人，在森林边上的小路上，挖下了一口很深的陷阱，陷阱口上稀稀地排了几条树枝，上面再铺上薄薄一层草，然后又用浮土盖住，收拾得和原来的路面完全一样。想不到树上有一只猴子，把这个秘密全看到了。猎人走了以后，猴子嘻嘻地笑了起来，说道："啊哈，他真是一个老练的家伙！瞧，这陷阱伪装得多巧妙啊！要不是我亲眼看到，说不定也会上当的！——真好玩儿！我不妨在树上多待一会儿，看一看究竟该谁在这里倒霉呢？"

不久，小路上过来一只母兔子，蹦蹦跳跳地走着，一步步挨近那危险的区域了。猴子想到平日在森林里，兔子是最和善的邻居，不觉动了怜悯之心。

"站住！"猴子大喝一声，从树梢上猛跳下来，拦住兔子的去路。兔子着实吓了一大跳。当它看清原来是猴子的时候，这才连连拍着胸口，说："哎呀呀，猴大哥！你怎么也吓唬起我这个可怜人来了？"

猴子说："我先问你，上哪儿去？"

"我要到森林深处，给我的小兔儿们采一些嫩草叶。"

"我劝你别从这条路上过去。"猴子指着前面说，"在那儿，有猎人挖下的陷阱！"

兔子非常感激猴子，道谢了三次，便从另一条岔道向森林里走去。它刚走了不远几步，真倒霉，迎面恰巧来了一只恶狼，拦住了去路！

"好哇！"那狼恶狠狠地张开大嘴，向兔子叫道，"我正饿得发慌，你就权当我一顿点心吧！"

兔子急了，只好大着胆子抗议道："我们都住在森林里，我又不曾侵犯你，你没有道理来吃我！"

"哈哈哈哈！"恶狼发出一阵狂笑，说，"我肚子饿了，就要吃东西，你是送上门来的一块肉，我岂能再讲客气！"

"不！我们得找一个人来评评这个道理！"

他们正在争执着，一只狐狸不知从什么地方钻了出来。于是，狼便对兔子说："好吧，你就问问狐狸好了，他是最懂道理的。"

"不用再说了。"狐狸说，"你们的辩论，我早已听清楚了。兔子啊，你应该愉快地让狼吃掉！"

"你胡说！天下哪有这样的道理？"

"有哇！这就叫'弱肉强食'……"

兔子不服，要求再找一位真正公正的人来裁判一下。狼允许了。于是，他们在路口找到了猴子。猴子听完各方的申述，眨着眼睛，想了一会儿，说："按照狐狸先生的说法，弱者的肉应该被强者食，可是，我要请狼回答一下，你究竟比兔子强在哪里？"

狼回答说："嘿嘿，这还用得着我多讲吗？谁不知道，我尖利的牙齿，一口能咬死一条公牛；我四条善跑的腿，能追得上飞一般奔驰的黄羊；还有我……"

"等一等！"猴子说，"我不完全相信你会跑得那样快。"

狐狸插嘴说:"猴大哥!你不该怀疑狼兄的本领,这是千真万确的,我完全敢担保!"

猴子摇摇头说:"口说无凭,还是请狼兄用自己的行动来证实一下。这样吧,就以前面那株歪脖子老柏树为终点,以这条小路作跑道。我允许狼和兔子保持二十步的距离,狼在前面跑,兔子在后面追。如果兔子追不上狼,那就应该让狼吃掉;如果追上了,那不用多说,狼不过是一个只会吹牛的家伙!"

狼听了猴子的话,暗想:"兔子本来跑得没有我那么快,况且还要让我占先二十步,那就更追不上我了。"这么一想,就满口答应了。

饶舌的狐狸,又自作聪明地说:"嘿嘿,虽然现在竞赛还没有开始,但是,谁胜谁负,我完全可以肯定了。别说狼兄是我们森林里闻名的善跑健将,就是我这四条短腿,也不是小兔儿能赶得上的!"

猴子笑了笑,说道:"那么,用相同的条件,让你也参加这次竞赛好啦!如果你真能取胜,还能分到一块兔肉吃呢。"

狐狸拍着胸脯说:"行啊。我老狐可不是一个胆小鬼!"

于是,竞赛就这样开始了。猴子捏住嘴巴,吹了一声响亮的口哨,狼和狐狸,一听到裁判员的信号,都争先拔步飞跑。它们顺着小路,直向歪脖子柏树那边冲过去。猴子还在后面,虚张声势地高声喊道:"加油啊!追上了!加油啊!"

只听"扑通扑通",狼和狐狸,双双落入陷阱,跌了个鼻青脸肿眼发花!好一会儿,它们才从昏乱中弄清楚眼前发生的事情,于是,都死命地挣扎着,想从下边跳上来。可是,猎人的陷阱挖得那么深,它们

的力气都白费了，最后，只好无可奈何地趴在陷阱底，"呼哧呼哧"干喘息。

猴子和兔子站在上边，哈哈大笑。


（哈萨克族民间故事）

# 央金公主的秘密

一

乔高阿爸的木楼上，有一朵美丽的花。

不，那不是花！

那是一位可爱的小姑娘，她的名字叫美朵[1]。

当小美朵穿起红藏袍，系上红领巾，从她家新造的二层木楼走下来，踏着绿草茸茸的小路，去往民族小学时，常会有几只蝴蝶儿，绕着她翩翩飞舞——哦！她真像一朵含香带露的小红花！

可惜，鲜艳的花朵，也会遭风雨折磨。就在美朵姑娘十四岁那年，忽然从她身体的某一部位，长出了一块病。每当剧烈的痛楚发作起来，一颗颗亮晶晶的汗珠，便从她苍白的额头上滚落下来，那弯弯的眉毛，也就绾起了一个疙瘩；然而，倔强的小姑娘，紧紧咬住牙关，从来没有听到她呻唤一声。

小美朵的病，究竟什么样儿？长在哪里？她拒绝向任何人透露，即使对自己亲爱的阿妈，也守口如瓶，不肯吐露半个字。

---

[1] 美朵：藏语，花。

唉！唉！这个固执的小丫头！

有一天，乔高阿爸的木楼上，来了一位客人，白眉毛，白胡须，一颗葫芦似的头颅，脱尽了毛发，变得明光光的。这是一个招人喜爱的胖老头儿，他能喝很多很多青稞酒，会讲很多很多有趣的故事。

第一天，他讲了格萨尔王的故事……

第二天，他讲了阿克登巴的故事……

第三天，他又讲了央金公主的故事……

这一串儿像珍珠般闪耀着奇光异彩的故事，使小美朵着实听得入迷。

"'央金公主的故事'听过没有？——没有——好，那就竖起你的小耳朵，听我慢慢讲来。"老头儿喝了一口酒，捋着雪白的胡须说。


二


央金公主，是世界上最美丽的一位公主。她光洁的面庞，像十五的月亮；她漆黑的长发，像轻柔的丝绒；她明亮的双眸，像夜空的星星；她红润的嘴唇，像带露的花瓣。她还有夜莺一般嘹亮的歌喉和骑士一般矫健的身姿……然而，她像人间所有的女孩子一样，也有她自己的不幸和痛苦。

央金公主还在襁褓中，就失去了母亲，她是由一头白色的牦乳牛奶大的。小央金刚刚度过她如梦似的童年，她唯一的亲人——老父王——又去世了。十五岁的公主，王冠加顶，被拥戴为一国之主。聪明的小央金，牢牢遵守父王临终时的遗嘱：爱护百姓，勤俭治国。她仍旧喝着白牦牛的奶子，吃着普通的青稞糌粑，还经常骑着父王留给她的一匹桃花马，到全国各地巡察，督促人民发展生产，放好牛羊。于是，在广阔的草原上，在幽深的山谷里，人们经常可以听到央金公主甜美动人的歌声。

央金公主最爱唱的，是这样一首歌：

人生在世都需要阿爸，

没有阿爸就需要一匹骏马；

骏马虽然顶不上阿爸，

它伴你远行就像有了阿爸。

人生在世都需要阿妈，

没有阿妈就需要一头奶牛；

奶牛虽然顶不上阿妈，

它给你奶汁就像有了阿妈！

哦！多么贤明的公主啊！虽然她已经贵为"女王"，可草原上的臣民百姓却仍然把可敬可爱的小央金，亲切地称为"公主"。

可是，不久，一种意外的灾难，使央金公主陷入深深的痛苦之中。因为，在某一天早晨，公主贴身的宫女替她梳头的时候，发现公主的头盖骨上，突起了两个指尖大的硬块，它们不断变粗，长高，只几天工夫，就长得像两根青辣椒似的，硬邦邦朝天直立，俨然如小牛头上的两只犄角。这丑陋的变形，对一个年轻美丽的女孩子来说，可真是太可怕了！

"啊！佛爷！我到底犯了什么罪过？你竟这样惩罚我！"小央金对着镜子，悲痛绝望地哭着说。

"莫哭，莫哭，我亲爱的公主！"梳头的宫女劝慰主人说，"依我看来，长在您头上的这两个东西，也许是一种病——是不是请王宫的曼巴看一看？"

"混蛋！"央金公主突然一阵暴怒，喝道，"你若是敢把我头上长角的事儿，向外人泄露一个字，我马上砍掉你的脑袋！"

小宫女吓得面如土色，趴在地上连连磕头，从此就变成了一个哑巴。

然而，她是知道主人隐秘的第一个人，即使成了哑巴，公主仍不放心，于是，她命令宫中的卫士把这个宫女送进一座黑暗的地牢里，除了每日通过墙洞送两次饭，严禁任何人和她接近。

哦！我们聪明可爱的央金公主，仿佛被巫婆施了魔法，就从这一天起，完全变成了另外一个人——多疑，爱发火，性格乖张，让人捉摸不透……

她生怕别人发现她头上的"秘密"，成天躲在房间里，苦苦思索着防卫和掩饰的方法……

她疑心自己喝多了白牦牛的奶汁，这才生了两只角，于是，她下令屠宰了那头哺育她长大的可怜的老牛！

她骑过的桃花马，由于见不到主人，不时发出咴咴的叫声。这在公主听来，就像马也在讥笑她头上的角，于是，她下令杀死了那匹驯良的牲口！

她本来按藏家习惯，每天将她漆黑的长发梳成几十条美丽的小辫子，现在，她决定不梳辫子了。她要改梳成文成公主出嫁时的那种发式，因为那唐代的"螺髻"和"云鬟"，能够巧妙地包住她头上的双角。她觉得这办法挺不错，便用心描画出一张图样，叫来宫里一个女孩子，为她按图梳妆。

"你梳得很好！"央金公主面对明晃晃的镜台，满意地对梳头的宫女说，"不过，你可曾看见我头顶上有什么奇物？"

小宫女惶恐地跪倒在地上，如实回答："哦！公主！我看到您头上有两只角。"

"胡说！"公主一听，勃然大怒，"你竟敢诬蔑你的主人是一头母牛！来人啊！快把这该死的丫头关起来！"

可怜这第二个梳头人，又进了地牢！

这一天，盛装的央金公主，终于离开了她的寝室，出现在王宫的庭院里。所有看到她的宫人臣子，都齐声赞扬公主新改的发式华贵美丽。

央金公主很高兴。

次日清晨，又该梳头了，公主从宫里叫来另一个小姑娘。

"你的手艺不错！"公主等她梳完了头，反复地照着镜子说，"可是，你难道没有在我的头顶上，看到某种稀奇的东西？"

这是一个很有心机的女孩子，她没有如实回答，却说："启禀公主，我什么也没有看见。"

"哼哼！"公主冷笑说，"你竟敢装模作样，欺骗你自己的主人！——来人啊！快把这狡猾的小狐狸，给我关起来！"

可怜第三个梳头人，也进了地牢！

就这样，央金公主每天换一个宫女梳头，然后就把她送入地牢。宫中的女孩子很快用完了，公主又下令征集民间年轻女子，轮流进宫当差。而那王宫的大门，却像一张虎口，无论谁家的姑娘被送到里面去，就没有一个回来！

恐怖的气氛，笼罩着宫廷，笼罩着全国！

然而，朝野上下，谁也不知道，一向受人崇敬的央金公主，为什么变得如此冷酷无情。

"亲爱的奶奶！刚才头人前来通知，叫我明天就到宫里当差，去为央金公主梳头。"雄鹰部落十六岁的姑娘兰木错，忧心忡忡地对老祖母说。

## 三

"去吧，孩子！你能到公主身边去一回，那是无上的光荣啊！"老奶奶年过八十，双目失明。她对进宫当差的危险性，并不十分清楚。

"可是，把您老人家独自留在家里，谁来替您烧茶做饭？"

"不要紧，亲爱的孩子！你会很快回来的。"

"要是我一去不回呢？"

"不，不，我们的央金公主是最仁慈的。她知道兰木错姑娘的帐篷里，还有一个瞎眼的老祖母！"

"哦！但愿如此……"小姑娘轻轻叹了一口气，便连夜捣酥油，磨炒面，准备了许多熟食，又拜托邻家的婶子，如果自己不能按时回家时，请她多多照顾老祖母。

"你很漂亮！"央金公主上下打量着这个来自草原的年轻姑娘，赞

147

赏说，"几岁了？叫什么名字？"

"我叫兰木错，今年十六岁。"兰木错不懂宫廷的礼节，一手叉腰，直挺挺站在公主面前，毫不畏怯地回答说。

"哈！这么说来，我还是你的妹妹呢！"公主忽然流露出少见的天真，笑呵呵地说，"那么，我的小姐儿！你看到贴在墙上的那张画了吧？就请你完全照着画上的式样，来给我梳头。"

"我能梳好的，亲爱的公主！"兰木错看过图样，十分自信地说着，便开始为公主梳起来。她梳了很长很长时间，当最后替公主绾好螺髻，又在她云鬟边插上一枝珠花时，小姑娘的两眼里，忍不住扑簌簌滚下几颗泪珠儿。

公主问："兰木错，你为什么哭？"

兰木错回答："因为我在您的头顶上发现了一个奇迹！"

"是什么奇迹，使你落下了伤心的眼泪？"

"不，我不是为您头上的奇迹落泪，我是为我可怜的老祖母落泪！"

"为什么？"

"因为我很清楚，自己会落个怎样的下场！"

"我不明白你的意思，兰木错！"

"这是显而易见的，亲爱的公主！"兰木错解释说，"如果我现在隐瞒了自己的所见，您就会责备我是一个不诚实的孩子；如果我如实向您讲出自己的发现，您又会感到不愉快。谁都明白，如果得罪了一位公主，会招来怎样的后果！我一个人受到惩罚并不足惜，而我家里还有一位白发苍苍的瞎眼睛祖母，等待我回去照料她的衣食。可是，我想我是永远也回不到她的身边去了！我的老祖母失去她唯一的亲人，她只有冻死，饿死，忧愁死。所以，我为我可怜的祖母伤心落泪哩！"

央金公主听着兰木错的诉说，不觉忧郁地皱起她两道弯弯的秀眉，默默地沉思了许久，任那女孩子断线珍珠似的眼泪，纷纷滚落在她华贵的衣襟上，都好像不曾察觉。

"你是一个聪明坦白的女孩子！"央金公主终于开口说，"那么，你就什么也别对我说，回家侍奉你老祖母去吧！"

"谢谢好心的公主！"兰木错感动地伏下身去，连连亲吻着央金公主被泪水打湿的锦袍。

"不过，你要牢牢记住：如果你敢向别人说出你在我头上发现的奇迹，我可饶不了你！"

"我向佛爷发誓……"

"好，你走吧。"

"公主！"


## 四


进宫当差的兰木错姑娘回来了——这件事情的本身，就是一个奇迹！于是，乡亲们都来向她打听消息。兰木错只告诉人们，她是如何为央金公主梳了一个美丽的发髻，那插在公主鬓边的珠花又是多么宝贵稀奇。至于公主头上生角的秘密，她牢牢地埋藏在自己心底深处，不敢向任何人透露。

部落中的其他女孩子，仍旧被王宫征去当差。可是，再也没有第二个人像兰木错那样，能够平安无事地回来。

乡亲们都很惆怅忧虑！

最苦恼的还数兰木错！

因为憋在兰木错心里的一句话，不能对别人诉说，恰似卡在嗓门眼儿里的一根骨头，咽不下，吐不出，日日夜夜，折磨着这个可怜的姑娘——她简直要发疯了！

八十岁的老祖母，感觉到自己的孙女情绪有些异常，便对她说："孩子！你心里好像搁着点儿难言的隐情，能不能对奶奶说一说？"

兰木错慌忙回答说："奶奶！您就别问啦——我心里没搁事儿。"

"不，孩子！我眼睛虽然瞎了，可我的心是明亮的。你有话闷在肚子里不说，那会出毛病的！"

兰木错一头撞在老祖母的怀里，伤心地啼哭起来。

"奶奶！"她哭着说，"我对佛爷发过誓，我向公主做过保证——我……我不能说呀！"

"别哭啦，我亲爱的孩子！"祖母抚摸着孙女的脸蛋儿，替她揩去满脸的泪水，"你不对奶奶说也行，可你不能老把它憋在心里呀！"

"可我没有办法呀，奶奶！"

"那么，你就去找一个没人的地方，对着一样东西，倾吐出你心里的话吧——那样做以后，你就会觉得轻松一些。"

兰木错姑娘接受了老祖母的劝告，就在这天到山坡上放牛的时候，顺手把一根柳木棍子插在石头缝里，把它当成一位亲密的朋友那样，悄悄告诉它说："公主头上有两只角！"

姑娘把这句秘密的话，接连向棍子说了几遍，果然感到心里舒畅了许多。

然而，就在此时此地，又出现了一个奇迹 —— 被兰木错插到石头缝里的柳木棍子，忽然生根长叶，不几天工夫，就长成了一株活生生的大树。有一个放牛的孩子，摘下这柳树的宽叶子，做了个叶笛吹起来；那叶笛发出的声音不是呜呜响，却是明明白白的一句话："公主头上有两只角！"

听到这声音的孩子都觉得好玩儿，于是一窝蜂跑来，每人都做一支笛，欢天喜地吹起来 ——

"公主头上有两只角！"

"公主头上有两只角！"

"公主头上有两只角！"

这无法掩盖、无法止抑的啸叫，顿时汇成了一股鼓荡着巨大声浪的洪流，传遍了草原，传遍了全国 —— 央金公主头上生角的秘密，就再也保守不住了！

## 五

"兰木错！快领奶奶到王宫里去！"

"到王宫干吗？"

"唉！孩子，要是你把这句秘密的话早对奶奶说了，事情也就不至于闹得满城风雨了！"

"可是，我向公主起过誓。"

"单从这一点来讲，你是守信用的。可是，当秘密终于被叶笛揭穿的时候，这对我们的央金公主，打击可是太沉重啦！"

"哦！可怜的公主！"

"快走吧，孩子！我们现在就去为她分忧解愁吧！"

"可是，她头上确实有两只角。"

"奶奶自会有办法替她治好的……"

八十岁的老祖母，无暇向孙女细说，便连连催促兰木错，带着她来到王宫。这时候，王宫庭院早已乱成一窝蜂，从公主的寝室里，传出一片哭声。人们都说，央金公主自缢身死了！兰木错大吃一惊，撒手丢开奶奶，从人堆里挤进门去一看，只见盛装的公主，静静躺在地毯上，身旁还扔着一条已经被剪断了的丝带。

"公主啊！"兰木错一下扑到公主身上，忍不住放声恸哭起来。

许久，许久，央金公主忽然轻轻呻吟一声，慢慢睁开了眼睛。

"是你吗，兰木错？"她定定地望着泪流满面的姑娘，轻声说。

"是我，亲爱的公主！"

"你……为什么不遵守自己的诺言？"

"我没有对任何人说过……公主！"

"可是，全国都在传说！"

"那全是一株柳树的过错！"

"唉！不诚实的孩子！"

"请不要伤心，亲爱的公主！"兰木错说，"我听我奶奶讲，生在您头上的那个东西并不是角。"

"不是角？"

"是的，那不是角，那是病。而这个病是可以治好的。"

"你还在欺骗我，兰木错！"

"不，不，我奶奶已经来了。她还在路上叫我采了专给您治病的草药呢。"

"她不是早已双目失明？"

"可她还有一颗善良而智慧的心！"

"哦！她在哪儿？"

"请稍微等一会儿，公主！我马上就去把她带来……"

## 六

在乔高阿爸木楼里做客的胖老头儿讲到这里，又举杯满满喝了一口酒，便不吭声了。

"结果怎样了？老爷爷！"听故事听得出神的美朵姑娘心急地问。

"结果很简单，小妹妹！"胖老头儿笑眯眯地捋着雪白的胡须说，"央金公主头上的双角没有了。她请从地牢里出来的几十个姑娘，每人替她梳了条小辫子。于是，我们的央金公主，又变得和原先一样美丽！"

"哦！"小美朵轻轻叹了一口气，"要是兰木错姐姐的老祖母能活到今天，该多好啊！"

"哈哈哈哈！"胖老头儿忽然放声大笑，说道，"小美朵啊！那位老奶奶虽然早已离开了这个世界，可人间的曼巴并没有绝迹呀！"

"那么，您是……"

"亲爱的孩子！"乔高阿爸介绍说，"这位爷爷，就是咱们自治州藏医院院长——远近闻名的果洛曼巴啊！"

"曼巴爷爷！"

"好孩子！来，到里屋床上躺下，让爷爷替你检查检查，好吗？"老曼巴放下酒杯，站起身来说。

"哑，哑！"美朵姑娘顺从地点点头。

（藏族民间故事）

## 巫婆母鸡

我妈妈死了，我是一个没有亲娘的可怜孩子。这些年，多亏黄阿婆疼我爱我关怀我照应我……她，可以说，就是我的——妈妈！

黄阿婆不是人。黄阿婆是一只老母鸡。因为她长得慈眉善目，经常乐呵呵的，再加上穿在她身上的那一套明光闪亮的羽毛衣裤，看起来，真像一位健康长寿的老婆婆，所以，我就管她叫黄阿婆。

我爸是打工族，收入没有保障，又要供一个小学生读书，日子过得挺紧巴。我家只养一只母鸡，还没有现成饲料喂她。可是，黄阿婆一点儿也不抱怨。她常年辛辛苦苦，自个儿扒垃圾堆，寻找残渣剩饭烂骨头填饱嗉囊，可每天都要生一颗雪白的大鸡蛋，让我在清早上学前，保证有一碗荷包蛋泡大饼吃。

"吃吧，吃吧，念书是费脑筋的事，能多增加一点儿蛋白质，那是大有好处的！"黄阿婆站在我旁边，嘀嘀咕咕地说着只有我才能听懂的话，亲眼看我呼噜呼噜吃完那一顿营养丰富的早餐，背书包走了，她这才心满意足、从容不迫地慢慢去开掘她的垃圾堆……

有一天晚上，我正上自习，电灯泡突然坏了，屋子里黑洞洞的，连个蜡烛头都找不到。我爸从腰包里摸索了半天，摸出一张十元的钞票，叫我明天上街买一只"夜明珠"灯泡，再买两包"农家乐"香烟，剩余的钱都交回来。

第二天，我带着这笔巨额现金，去商店采购短命的"夜明珠"和廉价的"农家乐"。不料，马路上碰到个坏小子，他甜言蜜语，鼓动我去玩有奖电子游戏机。结果，奖没有得着，倒把十块钱全输光了！

我两手空空，灰溜溜回到家里。

黄阿婆睁大惊奇的眼睛，上下打量着我，问道："你买的灯泡呢？"

我说："没钱买啦！"

"钱呢？"

"打游戏机输了！"

"哎哟，哎哟！好端端一个孩子，怎么钻那邪门儿！"黄阿婆痛心地说，"你没想你爸挣那么一张钞票容易吗？那可是他血汗换来的呀！"

"我……我真后悔死了，黄阿婆！"我又急又恨又伤心，忍不住呜呜地哭起来。

"得啦！得啦！"黄阿婆替我擦干眼泪，说，"你知错认错，下不为例就好！"

"可是，我爸回来，我该怎么向他交代啊？"

"别急，我自有办法！"黄阿婆说，"来，把这废酒瓶子给我砸碎了。"

"干吗？"我奇怪地问。

"嘘！别吭声，这是秘密！"她神秘地回答。

唉！真不明白这莫名其妙的鸡阿婆，葫芦里卖的什么药！不过，我还是按照她的指令，砸碎了那半拉空酒瓶。

只见黄阿婆用母鸡啄食的灵巧动作，飞速吃下满地玻璃碴子，然后回到鸡舍，静静地伏在窝里，不动了。

157

见鬼！

约莫过了两个小时，忽然从鸡舍传来一阵"咕哒""咕哒"的欢叫声。我跑去一看——老天爷！我真不敢相信自己的眼睛：一只明光闪亮、热乎乎烫手的电灯泡，就款款搁在鸡窝里。

我惊奇地捡起来仔细一看，灯泡上还清清楚楚印着一圈字儿：金鸡牌长寿灯泡，每只零售价 10 元。

黄阿婆站在旁边，咯咯地笑着——哦，她简直像个老巫婆！

傍晚，爸爸下工回来，面对那只大放光明的新灯泡，仔细看了半天，皱着眉头说："唉！如今这物价，不得了！一只灯泡卖十块钱！"

"不贵，爸！"我惴惴不安地解释说，"这是吉姆公司独家开发的新产品——节能耐用透明度高，比那八毛钱一只的夜明珠强多啦！"

"好吧。"爸爸说，"你要的牛仔裤，只好过两个月再买了。"

"爸！我现在不想穿牛仔裤了。等我自个儿挣了钱再买不迟。"

"你还小，到哪儿挣钱去？咱们家再穷，给孩子买条裤子穿还是办得到的——从今天起，爸爸决心戒烟啦！"

"不，不，爸！您别戒烟……"

"'吸烟有害健康'，香烟盒子上都明明白白写着，怎么不能戒？"

"可是，您就这么一点儿乐趣！"

爸爸脸上露出少有的笑容，说："好啦，好啦，咱们不讨论这个问题了。早点儿休息吧，明天你还要上学呢！"

…………

我躺在床上，翻来覆去睡不着。一门心思只想找到一个生财致富的诀窍，最好像故事中讲的那样，只要念一声"芝麻开门"，就会有一大堆宝物出现在眼前，那该多好呀！

忽然，一道灵光从我脑海里闪过 —— 啊哈！既然我家那只巫婆一般神奇的母鸡，能像变戏法一样变出一只灯泡，难道就不能变出更有价值的奇珍异宝？

回答是肯定的 —— 能行！

那么，变什么好呢？

我想啊，想啊……猛然想起，有一次，我去逛亚欧商厦，看到出售金银珠宝首饰的柜台里，陈列着一只像核桃那么大、24K 的金蛤蟆，那一双闪闪发光的眼睛，是两颗红宝石镶的，好看极了！价码标签上写的是：售价 200000 元。哦！哦！要是有这样一只金蛤蟆，咱爷儿俩这苦日子就算熬到头了！

星期天，我溜到雁滩公园人工海边，捕捉了一罐头盒蝌蚪，拿回来恭恭敬敬摆在我家老母鸡面前。

"亲爱的黄阿婆，您辛苦了！"我说，"请尝尝我亲手为您打捞的这点儿新鲜海味，表示我对您的感谢和慰问！"

"哈！多么鲜活的蛤蟆骨朵儿！"黄阿婆咯咯地笑着，欣然接受了我馈赠的礼物。她一边津津有味地吃着，一边连连称赞味道好极了！

"只要您满意就好，黄阿婆！"我讨好地说，"吃饱了吗？ —— 好，请您到窝里歇着吧，等会儿可得给我生个小蛤蟆哦！"

"什么？什么！要我生个小蛤蟆？"黄阿婆惊奇地问。

我说："是啊，您吃了蝌蚪，不生蛤蟆还生什么？"

黄阿婆咯咯地大笑起来："你小子真逗！想要蛤蟆玩，到雁滩海子里捉一只就是了，干吗还让阿婆给你生啊？"

再兜圈子是不行了。我只好把自己的愿望和盘托出。我说，我想得到的不是一只普通的蛤蟆，而是一只24K金做的、并且有两颗红宝石眼睛、价值200000元的金蛤蟆！——不，不，这绝对不是开玩笑！要知道这样一只金蛤蟆，对我和我爸，包括您，黄阿婆，都是非常非常重要的。因为有了这宝贝疙瘩，我们就可以甩掉穷帽子，换上新衣服，买一套商品住宅楼，再雇用一个买菜做饭搞卫生的小保姆。那时候，也就不用您黄阿婆辛辛苦苦扒垃圾堆，不用您每天生一只蛋给我当早点了。您完全可以坐在我崭新的嘉陵摩托车上，一溜风跑到桥门街吃老马家大碗牛肉面，或者到食品一条街，把所有的金城风味小吃吃个够！哈，那时候……

"住嘴！"黄阿婆不等我说完，就大声打断了我的话头，"你这完全是叫花子拾黄金——一场空梦！"

"不，黄阿婆！这可不是虚假的空想，这是美好的理想。理想也能够变成事实。我读过的一本故事书上就讲过：从前，有一只神通广大的老母鸡……"

"得了吧，傻小子！再别跟我胡搅蛮缠啦！"黄阿婆一点儿也不听我的，"还是去给我老老实实念书做学问，将来凭真本事挣钱，那才是正道！"

说完，她头也不回，走了。

眼看到手的金蛤蟆，就要从眼皮子底下溜走了！我心里一急，就不顾一切追上去，伸双手抱住老母鸡，也不管她叫喊挣扎，硬是把"老人家"塞进双层楼式鸡舍里，关上木板小门，抱歉地说："对不起，黄阿婆！求您多多包涵，大发慈悲，满足我最后一个心愿吧——我向您鞠躬了！"

真的，我面对鸡舍，深深鞠了三躬，满怀着热切的企盼，离开了鸡舍。我知道，黄阿婆嘴硬心肠软，她不会让我完全失望的。

时间过得真慢，每过一分钟，就仿佛过了一天！

我待在屋子里，像热锅上的蚂蚁，急得团团乱转，可总也听不到从鸡舍传来黄阿婆快乐的"咕哒"声！

我实在忍不住了，就蹑手蹑脚，悄悄溜到鸡舍跟前，梆梆梆敲响木板门，压低声音询问："亲爱的阿婆！您生了没有？"

"去去去，还早着哪！"从门缝里传出黄阿婆不耐烦的回答。

我只得走开，索性到马路上瞎逛一通。可是，金蛤蟆的那一对红宝石眼睛，总在我脑海里闪闪发光，迫使我不得不第二次敲响鸡舍的木板门，梆梆梆……

"阿婆，阿婆！生下来了吗？"

"咕咕，你急猴儿似的，尽嚷嚷什么呀！"黄阿婆隔着门板说，"你不就是要一只活蹦乱跳的小蛤蟆嘛！"

"对！对！它变成了吗？"

"刚刚变出嘴巴眼睛，还有四条腿儿没有长出来呢。你呀，到一边等着去吧！"

我听了一阵狂喜，连连说："好，好！……"就赶快走开，只怕惊吓着正在变化的金蛤蟆，弄得它四肢不全，就卖不上好价钱喽！

当我最后一次敲响鸡舍小门的时候，已是红日西坠，晚霞满天，算来老母鸡趴窝整整三个钟头了。黄阿婆告诉我，小蛤蟆已经完全孕育成形，马上就要出生了，因此，叫我离远一点儿，千万不可偷看一位母亲临盆分娩时那神秘的一幕……

我当然不会听从黄阿婆那一套清规戒律。因为，我要是不亲眼看着宝贝蛤蟆呱呱坠地，说不定那小东西一出娘胎，就会从鸡窝里逃之夭夭，那可不是闹着玩的！于是，我嘴里哼哼哈哈应付着，却悄悄打开鸡舍的木板门——喂呀，你瞧老母鸡那屁股，鼓得像一只熟透了的桃子。一个可爱的小生命，就要从那儿诞生了！

黄阿婆见我面孔正对鸡舍，两眼紧盯着她最不愿让别人看见的地方，便气急败坏地连声咋呼："滚开，坏小子！这危险，危险，太危险啦！"

她正嚷着喊着，一憋气，突然"扑哧"一声，随着一个响屁，从鸡屁股眼里喷射出一团东西，正好撞到我的额头上，发出"咯哇""咯哇"的叫声，在我脑袋瓜上乱抓乱动……

我吓得要死，本能地伸出双手，使劲儿揪那小东西，想把它撕扯下来。可是，我越去揪它，它和我头皮贴得越紧。最后，竟变成鸡蛋大的一个肉瘤，牢牢地长在我前额上，再也拿不掉它了！

我照着镜子，看着那黑不溜秋的怪东西，它使我一个清秀少年突然变成了丑八怪！我忍不住号啕大哭起来……

黄阿婆站在一边，冷冷地说："哭，哭，再哭也没有用！谁叫你不听我的警告！这完全是你贪心不足，得到的报应哦！"

我苦苦哀求，连声称她："阿婆，阿婆，好阿婆！"我说，这肉疙瘩到底是什么玩意儿？要不给我赶快拿掉，叫我怎么再见人啊！

"这叫蛤蟆瘤，它已经是长在你身上的一块肉了！"黄阿婆一本正经地回答："要想把这个瘤子拿掉，只能找外科医生开刀。"

开刀？……不，不，我不要看医生！我不要开刀！

当初，我可怜的妈妈，就因为付不起手术费，才带着一颗破损的心脏，离开了人世！我哪能再连累我穷困无依的爸爸，为治疗儿子这可笑的怪病，到处去向人借债！

好吧，既然这坏东西非动手术不能去除，那我就自己动手好了！我这样哭着，嚷着，真的下定决心，跑进厨房里拿了切菜刀，对着镜子就想把那害人的蛤蟆瘤子连根切除……

"住手！"黄阿婆大喝一声，一翅膀打掉我握在手里的菜刀，嘲笑地说，"好一个外科专家！你的手术刀也真伟大呀！小心点儿，别连自己的脑袋都割掉了！"

的确，用切菜刀割瘤子，也太滑稽了。我没有勇气再拾起那把沉甸甸的大菜刀，只有悲观绝望，抱头哭泣，再也没一点儿辙了！这时，黄阿婆轻轻抚摩着我的额头，和声细语地安慰我说："莫哭，莫哭，小乖乖！趁你爸爸还没有回来，咱俩到雁滩公园去一趟——那儿是小蛤蟆的家，当它看见汪洋一片的水面时，说不定会自动和你脱离关系，跳进海子游泳去呢，你信不信？"

这真是"急病乱求医"，我只得怀着无可奈何的心绪，跟着黄阿婆，来到我早晨捞过蝌蚪的老地方。

这时，一轮明月从东方升起，照得人工海子镜面般闪亮。四周空无人迹，只从远处传来几声蛙鸣，大约是最早孵化的青蛙，用它们响亮的歌声，招呼各自的伴侣呢。

我们在紧靠海子岸边的草坪上坐下来，观望着天光水色，静默了一会儿。黄阿婆问我额头上有什么感觉没有？我说不痛不痒，一切照旧。

"哦！光这么等待不行。"黄阿婆神秘地说，"还需要我念几句咒语，把它激活过来才好。"

我说："那就请您快念吧，真急死人了！"

黄阿婆"嘘"了一声，示意我保持安静，同时举起翅膀梢，在我面前比比画画，一面用庄重的声调，念起她的咒语：

> 一只蛤蟆一张嘴，
>
> 两个眼睛四条腿，
>
> 哪里来的哪里去，
>
> "扑通"一声跳下水！

哎！哎！说来也许你不会相信，我们的黄阿婆，真是一位会施魔法的巫婆母鸡。她咒语刚刚念完，对准我脑门"噗"地吹了一口气，立刻，那长在我额头上的蛤蟆瘤子，"咯哇"叫了一声，转眼之间变成一只小青蛙，就从我头顶一蹦子跳进水里，激荡起一圈圈波纹，游到远处去了。

静场……

黄阿婆终于第一个打破沉默，咯咯咯咯开心地笑了。

我摸着自己光光的脑门，也忍不住快活地大笑起来……

哦！今夜，月光特别明亮！蛙声特别好听！

（汉族民间故事）

# 白鼻梁骆驼

火！一场可怕的大火！

烧毁了满山树，烧毁了满山草，烧毁了满山盛开的鲜花，就连那满山的鸟呀，兽呀，虫子呀……也全遭到了毁灭性的打击！

可是，唯独白鼻梁骆驼平安无恙。

白鼻梁骆驼是一位旅行家。

白鼻梁骆驼的原籍，在遥远的北国沙漠。每年夏季，她都要不远千里而来，到这个水草丰美、气候凉爽的胭脂山中避暑。当那天野火冲天烧起的时候，她正好站在"天池"中央饮水，因而"逢凶化吉"，连一根毫毛也没有损失。

风光绮丽的胭脂山，已化为一片焦土，要等它重披上翠衣红装，不知何时！于是，白鼻梁骆驼仰天长吁一口气，默然向不幸的大山告别，决定返回故乡去。

就在下山途中，她看到倒卧路旁的一只老虎、一只狼和一只狐狸。他们全都被烈火烧伤，只剩微微一口气。

"喂！白鼻梁骆驼！快拿一块石头来，使劲朝俺脑门上砸吧！"老虎痛苦地叫道，"要死，也让俺死个痛快！"

"噢！骆驼朋友！"狼有气无力地央求，"请给我一口水喝，再给一块肉吃吧！我有幸没有被火烧死，难道又要渴死饿死不成？"

"天哪！是我亲爱的干妈来啦！"狐狸两眼挂着泪珠，又哭又笑地叫着——她知道白鼻梁骆驼是一匹雌骆驼，所以讨好地称她为干妈，"娘啊！您快搭救孩儿一条性命吧！"

白鼻梁骆驼生就一副好心肠。她看到这三位受难的朋友如此可怜，哪有见死不救的道理！于是，就用她宽厚的脊背，当作一张"病床"，让老虎、狼和狐狸，都睡在上面；然后，她迈开稳健的步伐，踏上北通沙漠的归途。

好个白鼻梁骆驼，真不愧是一位走南闯北的旅行家！你瞧，到哪儿找水？在哪儿寻路？从何时起程？该何时住宿？……所有旅途一切安排，她全都心里有数。唯有一件事却叫她犯难，那就是朋友们的吃饭问题。因为老虎、狼和狐狸，都是著名的美食家。凡是不带荤腥味儿的食物，譬如，草啦，树叶啦，野果啦……他们是一概不吃的。而白鼻梁骆驼自己，又从来不会杀害一只有生命的活物，她没有办法，只好舍出自己贮备在背囊里的油脂，让三位挨饿的朋友聊以充饥。

白鼻梁骆驼神奇的两只背囊里，珍藏着鲜美滋润的脂肪。这是她长年累月从粗粝的百草中摄取的营养精华，非到不得已的时候，她是不轻易消耗它们的。然而，为了救活生命垂危的难友，她将属于自己最宝贵的东西奉献出来了！恰似蜜蜂酿造的王浆、神医炼成的仙丹一样，老虎、狼和狐狸，怀着深深的歉意，抱住白鼻梁骆驼丰满的双峰，只吞食吮吸了那么几小口，便顿觉伤情好转，精神倍增，以至于可以慢慢爬下"病床"，在地上动动腿脚了。

他们一行四众，经过艰辛的长途跋涉，终于进入北国沙漠腹地，抵达白鼻梁骆驼的故乡——月牙湖畔。这时老虎、狼和狐狸，已经完全恢复了健康，可是，白鼻梁骆驼却变乏了，变瘦了，变成一副骨头架子了！

月牙湖畔，是一片美丽的绿洲。在这儿，有沙鸡、白鼠、黄羊、野兔……可供肉食朋友们自由捕食；还长满了红柳、沙枣、碱蓬、冰草……这都是白鼻梁骆驼最爱吃的食物。因而回家后不久，她那瘪塌了的峰囊，重又变得胀鼓鼓如两座小山，高高耸立在她健壮的背上了。

第二年春天，白鼻梁骆驼平安生下一匹小骆驼。这可爱的小家伙，红毛、长腿、白鼻梁，长得和他妈一模一样。

据有学问的人们研究，骆驼的形状，兼具了十二生肖的特点，那便是：鼠牙、牛蹄、虎肩、兔嘴、龙颈、蛇眼、马耳、羊鼻、猴头、鸡腿、狗腔、猪尾——你瞧，这小驼娃子，高鼻梁，豁嘴儿，弯弯脖颈，毛腿儿……真还有那么一点儿"十二生肖"的样样哩！

当小骆驼诞生百日的那天，老虎、狼和狐狸，举行了一次庆祝会，祝福小骆驼长命百岁！祝福骆驼妈妈身体健康！会上，三位朋友即席向白鼻梁骆驼各献"瘸腿"颂诗一首，以表达他们衷心的敬意。

第一首，是老虎的诗：


　　猴儿头，蛇眼睛，

　　白鼻骆驼最聪明；

　　敢从火中救难友，

　　——英雄！


第二首，是狼的诗：

鼠牙尖，龙脖弯，

白鼻骆驼真大胆；

敢与虎狼称兄弟，

——好汉！

最后一首，是狐狸的诗：

兔子嘴，猪尾巴，

白鼻骆驼顶呱呱；

亲亲热热叫一声：

——干妈！

狐狸诙谐的诗句，滑稽的表演，逗得大伙儿一阵欢笑，就连那落地刚刚百天的小驼娃儿，也咧开豁豁嘴巴，乐了！

可惜，像这样和平、友好和欢乐的日子，在白鼻梁骆驼和她的朋友之间，并没有维持多久。

由于必须以牺牲大量小动物的生命为代价，才能满足老虎、狼和狐狸贪得无厌的食欲，小小绿洲上的生态逐渐失去了平衡！庞大的黄羊家族，经不住老虎的捕杀，逃得无影无踪。野兔妈妈刚从洞口钻出来，就被狼一口咬死，可怜留在家里的小兔崽们，就只有冻饿而死！沙鸡婆子辛辛苦苦生了一窝蛋，正准备孵化小鸡雏，却让贪馋的狐狸盗窃一空！

黄羊，没有了！

野兔，没有了！

沙鸡，也没有了！

最后，能供三位美食家塞塞牙缝的，就只剩鼠肉一味了。

事实上就连老鼠也学得又精又滑，可不是那么容易捕捉的了。

严重的饥荒，日益紧迫地困扰着老虎、狼和狐狸！

然而，与三位朋友所处的困境恰恰相反，素食的白鼻梁骆驼，面对无比充裕的食料，即使撑破了肚皮，也是吃不完的。

因为以草或草籽为食的小动物，突然遭到天敌的杀灭，绿色生命便以前所未有的长势，在这里蓬蓬勃勃生发起来；于是，白鼻梁骆驼和她的小驼娃儿，吃不尽嫩叶毛尖草，尝不完含香带露花。每日里丰餐美食，优哉游哉，日子过得好不快活！

有一天，骆驼妈妈带着她可爱的小宝宝，来到月牙湖饮水。湖光莹莹，水波粼粼，站在岸边两匹骆驼，映在水中两匹骆驼，他们全都那样肥壮，那样丰满，那样健美！这时候，狼正躲在暗处，贪婪地流着口水看着："啊！如果有一块骆驼肉吃一吃，那该多美哇！"

"嘘！"狐狸不知从什么地方突然钻出来，轻轻吹了声口哨，向狼发出警告的信号，"小声点，千万别让虎大哥听到了 —— 他可是坚决反对在朋友身上打主意的！"

"哼！假正经！"狼斜瞅了一眼老虎，他正睡在远一点儿的草窝里打呼噜，"前两年咱们逃难那阵子，他不是也享受过驼峰里的油水嘛！"

"可我们并没有伤害骆驼的性命。"

"嗬！你居然也是一位仁人君子了！"

"狼二哥啊！我肚皮饿得贴住脊梁骨，一点儿也不比你好受！"狐狸委屈地说，"我的意思是，对朋友也不能太伤情面，还是让我先去征求一下我干妈的意见，看她能不能以友情为重，自动把她的肉贡献出来些。"

"哈，好主意！好主意！"狼高兴地称赞说，"那就赶快去说服她吧，我想，你亲爱的干妈会心疼你的！"

此刻，白鼻梁骆驼喝足了水，在湖畔选了块平坦的草地卧下，开始从容不迫地反刍起来。她那顽皮的小驼娃儿，钻进一片沙枣树林里，用毛茸茸的豁嘴巴，捕捉飞旋在沙枣花上的蝴蝶玩儿。

"多日不见了，您老人家好？"狐狸悄悄溜到白鼻梁骆驼跟前，恭恭敬敬向干妈请安。

"好，好！"骆驼点头答谢，"孩子！你好像瘦多啦！没有生病吧？"

"没有，干妈！"狐狸羞答答地说，"我一个女孩儿家，还是瘦一点儿……苗条！"

"老虎和狼好吗？"

"他俩呀，吃肥肉，睡大觉，日子过得可自在着哪！"

"唉！朋友们远离家乡，天长日久，一定感到寂寞啦。等我小白鼻再长大一点儿，我还是带你们到胭脂山上去吧 —— 那儿的草木，很可能已经重新长起来了。"

"谢谢干妈您关心！说实话，孩儿我做梦都想着胭脂山呢！"

就这样，她两个闲拉了一阵子家常，然后，狐狸向骆驼告辞，仍溜回原先待着的地方，对狼说："你看到了吧？为了朋友们的利益，我可是很费了一番口舌呢！"

狼心急地问："怎么样？她答应了吗？"

"唉！我干妈可真是世界上最仁慈的一匹骆驼！"狐狸感叹地说，"一开始她还有一点儿犹豫，后来经不住我苦苦哀求，她就答应了。"

"答应了？"

"是的，答应了！她答应把她全身的肌肉、脂肪和血液，无条件地奉献给饥饿的朋友们！ —— 狼二哥！你就去用你尖利的牙齿，领受她这一片诚心吧！"

"好嘞，瞧我的……"狼翻身跳起，一溜风向湖边扑去。

"虎大哥！虎大哥！"当狐狸听到白鼻梁骆驼一声惨叫时，这才唤醒了老虎。

"何事惊慌？"老虎问。

"不好了！狼把我干妈 —— 白鼻梁骆驼咬死了！"狐狸哭哭啼啼说。

老虎一跃而起，锐利的目光一扫，早看清狼从剖开的骆驼胸腔里，叼出带血的心脏，大口吞食着……

"住嘴！"老虎大吼一声，犹如平地一声惊雷，吓得狼魂不附体。狼叼起还没吃完的半个骆驼心脏，没命地向茫茫无边的沙漠逃去。愤怒的老虎紧追不舍。于是，两头猛兽越跑越远，越远越小，终于从地平线上消失……

"喂，小家伙！别哭啦。"狐狸安慰小骆驼说，"来，快帮我把你妈妈的尸体藏起来，不然，就会叫狼和老虎吃个精光的。"

小白鼻梁骆驼傻乎乎的，按照狐狸的吩咐，藏起了惨死的妈妈。

"喂，小家伙！赶快逃走吧，"狐狸又支使小骆驼说，"要是等老虎和狼回来，发现你妈妈的尸体不在了，立刻就会把你咬死的！"

小白鼻梁骆驼傻乎乎的，听从狐狸的警告，钻进树林不见了。

狼走了。

老虎走了。

小骆驼也走了。

狐狸高兴了。

于是，她从藏匿死骆驼的地方，先取来半截骆驼肠子，想美美吃一顿。不料，老虎回来了。

"啊，虎大哥！您……回来了？"狐狸惴惴不安地说，一面忙不迭地把那截骆驼肠子，压在自己屁股底下。

"回来了！"老虎气喘吁吁地说。

"那么，狼二哥呢？"

"你问那忘恩负义的恶棍吗？他可是永远也回不来了！"

"明白了——该死的东西！"

"咦？狐狸！白鼻梁骆驼到哪里去了呀？"

"她带着她的小骆驼，远走高飞了。"

"别开玩笑，狐狸！她不是叫狼咬死了吗？"

"是叫狼咬了，可没有死。"

"她还活着？"

"对。我替她缝合了伤口，她就走啦。"

"什么？你会缝合伤口？"

"虎大哥！您难道还不知道我是一位外科大夫吗？""可是，我们可怜的朋友——白鼻梁骆驼，连心脏都没有了？"

"对于骆驼来说，心脏不过是一种可有可无的器官。"

"你是在撒谎吧，狐狸！"

"不，不，虎大哥！您没听我干妈和我们旅行的时候经常念叨'我没心吃草'，'我没心睡觉'嘛！"

"哦！谢天谢地，她总算保住了一条命！"老虎宽慰地舒了一口气，倒身卧在草滩上，就呼呼地睡了。

狐狸见老虎睡着了，便悄悄从屁股底下抽出骆驼肠子，一点儿一点儿吃着。那带血肉肠的腥味和吧唧吧嗒的咬嚼声，强烈地刺激着老虎的鼻子和耳朵，他忽然睁开眼睛，问道："喂，狐狸！你在吃什么？"

狐狸大惊失色，慌忙回答："我 …… 我在吃 …… 吃自己的肠子呢！"

"什么？你吃你自己的肠子？"

"对，对，当我饿得实在无法忍受的时候，就经常拿自个儿的肠子充饥！"狐狸说着，把屁股下面的骆驼肠子又抽得长一些，吧唧吧嗒吃起来。

老虎惊奇地看着，见狐狸吃得那么有滋有味，就再也按捺不住那一股猛烈燃烧的饥饿之火了。

"喂！狐狸！"老虎叫道，"俺也想吃吃自己的肠子，行吗？"

"那就吃吧，虎大哥！"狐狸鼓动说，"您尝尝就知道了，味道挺不错呢！"

"可是，俺不晓得怎样才能把它拿出来？"

"这很容易，虎大哥！"狐狸指着直立在地上的半截枯树桩子说，"您只要把肚皮紧挨着树桩头子跳过去，肠子就出来了。"

莽撞的老虎，急于想得到一段肠子吃，竟轻信了狐狸的瞎说八道，真个从那顶端尖利如刀的沙枣树断桩上猛力跳去。只听哗啦一声，老虎肚皮立即划成两半，鲜血淋漓的五脏六腑，一股脑儿倒将出来 —— 可怜兽中之王，就此一命呜呼了！

事实上，聪明乖觉的小白鼻梁骆驼，并没有远走。他偷偷躲在茂密的红柳丛中，把湖边发生的这幕惨剧，全都看在眼里，记在心上了。

北国沙漠敞开宽阔的怀抱，抚育这可怜的孤儿。不几年，小白鼻骆驼长成一匹强壮英俊的大骆驼了。这一天，他在月牙湖边碰见了狐狸。

"啊！先生！您是？"狐狸眨巴着惊奇的眼睛，不敢相认了。

"怎么，难道你没有看见我的鼻梁如远山积雪一样白吗？"白鼻梁骆驼说，"真是贵人多忘事啊，我亲爱的干姐姐！"

"哎哟！真是我干兄弟呀！"狐狸惊喜地叫道，"好长时间不见面，你都长这么高、这么漂亮了！"

"谢谢你的夸奖。"白鼻梁骆驼说，"再见！"

"等一等，好兄弟！你这是上哪儿去呀？"

"到名山大川旅行去。"

"太好啦！你就带干姐我一起去吧？"

"那是你的自由。"

"可是，我已经老了，腿脚不灵便了，还指望你帮我一把呢！"

"哦！你的意思是，也像当年我母亲驮你和老虎、狼下山一样，让我再把你驮到山上去？"

"正是这样，我聪明的小兄弟！"

"如果你肚子饿了，还可以吃我峰囊里的油脂？"

"一点儿不错，我善良的小兄弟！"

"得啦，爬到我背上去吧。"

"可是，你得跪下啊！"

"不，我可不像我母亲那样，可以随便向人屈膝的！"白鼻梁骆驼说，"绕到后面去吧——拉住我的尾巴就上去啦！"

"好嘞！"狐狸忙颠颠转到骆驼屁股后面，纵身一跳，刚要抓住骆驼尾巴时，冷不防，白鼻梁骆驼飞起后蹄，一个"倒踢紫金冠"，狐狸就被高高踢上天空，又重重跌入湖心里去了。

"救命啊！"狐狸在水中拼命挣扎，将平静的月牙湖，搅起阵阵波澜……

"呸！无耻的东西！"白鼻梁骆驼厌恶地唾了一口，便昂首阔步，头也不回地走了。

（汉族民间故事）

# 小矮人伏虎记

　　小丁丁呱呱坠地、刚刚降生到这个世界上的时候，只有拳头那么大。爹爹皱着眉头说："谁见过这么小的娃儿，快把他扔了吧！"

　　妈妈赶紧把这小小的生命，紧紧贴在自己温暖丰厚的胸前，说道："不！他再小，也是娘身上掉下来的一块肉呀——我一定要把他养大成人！"

　　妈妈用饱含深情的目光，端详着这一丁点儿小人儿：哦！给他取个什么名字好呢？得啦，就叫他丁丁吧！

　　小丁丁吮吸着妈妈香甜的奶汁，倾听着妈妈爱抚的歌声，一月一月，一年一年，渐渐长大，但他长得很慢很慢。父母为他庆祝十二岁生日时，他才长到小板凳那么高，而且从此停止了生长，在以后的年月里，始终保持在一尺五寸的高度，再也不增加一厘一分了。

　　然而，小丁丁头脑聪明，声音清亮，性格活泼，动作灵巧……就像一只可爱的小猴子。

　　丁丁家住林区，爹凭着古老的猎枪和绳套捕捉野牲，维持全家生计。这年冬天，爹独自一人进山打猎，一去再没回来。乡亲们都说，他肯定是叫野兽伤害了。只可怜丢下孤儿寡妇，日子越过越艰难了！

　　"妈妈！"小丁丁对母亲说，"请您给我准备点儿干粮，我要上山去。"

"上山？"母亲疑惑地问，"上山干吗去？"

"我是猎人的儿子，上山，自然是打猎呗！"小丁丁满不在乎地回答说。

"不！不行，孩子！你这么小小一丁点人儿，一只狐狸，也会把你叼走的！"

"狐狸？我不怕！"

"可是，还有大灰狼呢！"

"大灰狼？我不怕！"

"可是，还有狮子、老虎呢！"

"您别吓唬我，妈妈！我什么都不怕！"

妈妈拗不过儿子，只好答应让他上山。不过，她绝不允许小丁丁再冒生命危险，去干猎人的营生了。恰巧，同村有一位木匠师傅，正要进山砍树，妈妈就把丁丁托付给他，让孩子跟伐木工人干点活儿，那一定会安全得多。

老木匠给丁丁一柄开山板斧，就领着他进山了。走弯弯小路，过条条清溪，最后，来到一座茂密的森林。他俩动手砍倒荆棘灌木，搭盖起一间窝棚，当作他们临时住宿的营地。

"孩子！"老木匠告诫丁丁说，"在深山老林里，到处都隐藏着危险。你可得随时随地留神，小心谨慎才好。"

"阿伯！"丁丁笑着回答，"请放心好了，我，什么也——不怕！"

"不，孩子！千万别这么说。你应该说：'我什么都怕！'"

"不，阿伯！一个人有了勇气，再加上智慧，就能够战胜一切！"

"可是，豺狼虎豹、毒蛇猛兽，你能不怕？"

"是的，我什么都不怕！"

不料，丁丁话音刚落，突然在窝棚前面，跳出一只斑斓猛虎，大吼一声，喝道："呔！是谁在这里吹牛他什么都不怕？"

老木匠一听，吓得浑身发抖，叫苦不迭："唉，唉，虎大爷！我没有吹牛，我不敢吹牛……我怕我怕，我什么都怕！"

"好吧，饶你一命，赶快给我滚开！"老虎闪身让出一条道，木匠抱头鼠窜跑了。然后，老虎又圆睁二目，瞪着丁丁说："那么，小家伙！是你夸口说什么都不怕吗？"

丁丁毫不畏惧地回答："是的，我什么都不怕！"

老虎又问："你难道连我也不怕？"

丁丁笑道："你，不过是一只大猫罢了。我又不是老鼠，怕你什么？"

说着，丁丁冷不防伸出灵巧的小手，像闪电一般，拔下老虎几根胡子。

"哎呀呀，好小子！你竟敢虎口拔毛！"老虎气得颈毛倒竖，伸出尖利的前爪，来抓丁丁。丁丁双脚一蹦老高，要从老虎身上跳过。老虎马上弓起脊梁，像半堵山墙一样，挡在窝棚门口。丁丁身子一缩，想从老虎肚皮下面钻出去。老虎立刻伏下身躯，拦住丁丁出路。小丁丁灵机一动，口里念念有词："傻大个，肚皮软，看我怎样往外钻！"同时低头猫腰，摆出一副穿山甲打洞——强攻硬钻的架势。老虎严加防守，紧紧趴在地上，不留一点儿空隙……说时迟，那时快，小丁丁突然纵身一跳，就从老虎身上飞跃而过。

上当受骗的老虎气急败坏地追过来，想抓住这个小不点男孩儿。可

是，丁丁像一只小猴子，绕着树林上蹿下跳，连他一根毫毛也抓不着。老虎气昏了，它瞥见小孩儿双手攀住一根桦树条打秋千，便不顾一切，猛扑过去。可惜，老虎没有扑着小孩，却一头撞进老桦树的树杈里，半个身子被牢牢卡住，再也挣扎不出来了。

丁丁坐在桦树高处，笑着对老虎说："我说我什么都不怕，这下你相信了吧？"

老虎气喘吁吁地说："我认输了，小孩儿！你想办法救我出来，我会报答你的。"

丁丁爬下树，从窝棚里取来那把开山板斧，双手高高举起，老虎以为要砍死它，便连声喊叫："饶命，饶命，小英雄！你什么都不怕，我可是怕你呀！"

丁丁说："你别怕，我不会砍死你。我是来砍这根树杈，好救你脱离危险呀。"

丁丁用力砍断树杈，老虎得救了，它千恩万谢，且热情地邀请丁丁到它家里做客。丁丁愉快地接受了邀请，就骑在大老虎的背上，老虎翻山越岭，走了半天工夫，来到一座巍峨高大的石头洞府外面。只见门首刻着三个大字：虎王府。两旁还有一副对联：威震三山五岳，名扬四海九州。

丁丁正在惊奇地观望，忽然发现刚才骑过的那只老虎不见了，身边却站着一位威武英俊的小伙子。就在他脚下，扔着一张老虎皮。小伙子笑容满面，对丁丁说："你别奇怪，亲爱的朋友！我是虎太子，刚才到森林里巡游，听见你发出的豪言壮语，有意试一试你的胆量和本领，想不到自己倒吃了苦头。事实证明，你不仅勇敢机智，还有一颗善良的心。现在，我就领你去拜会虎王——我的父亲吧。"

丁丁对外面的世界充满了好奇，自然很乐意认识一下威名远扬的虎王，于是就毫不迟疑地跟随虎太子，走进了虎王府，抬头一看，只见威风凛凛的虎王，高高坐在镶满璀璨宝石的王位上。左面站着黑熊元帅，右面站着花豹将军，一个个面目狰狞，两眼闪光，怪吓人的。虎王一见太子带来一个小不点儿男娃娃，便放声哈哈大笑："哦嘿嘿嘿嘿！孩子！我正等着你送来一只肥羊或者一头胖猪，好美美进一顿午餐。想不到你却给为父带来这么一点儿小人儿！"

"不！父王！……"虎太子一听，慌忙跪倒在地，正想分辩，却见虎王连连摇手制止，说道："好啦，好啦，孩子！这块鲜肉虽然不多，就当一顿点心用吧。"

黑熊元帅和花豹将军，按老规矩立刻猛扑过来，就要把"猎物"撕成几片，供虎王食用。

小丁丁一看情况不妙，便双手紧握板斧，准备狠狠给来犯者以迎头痛击。却听到虎太子大喝一声："住手！"同时一跃而起，猛力将黑熊和花豹推到一边，护住了自己请来的客人。

"孩子！"虎王惊讶地问，"这……这到底是怎么回事？"

"父王！他不是孩儿寻来的食物，他是我救命恩人啊！"虎太子第二次跪倒在地，说自己被老桦树卡住脖子、性命难保的时候，是这位少年朋友抢起板斧，砍断树杈，搭救了他一命……虎太子把事情的经过，如此这般，向父亲禀告了一番。

虎王一听，转怒为喜，立刻笑眯眯走下宝座，向小客人连声道歉，并吩咐左右，赶快准备一批珍奇皮毛和名贵药材，有紫貂、雪豹、银狐、水獭，还有鹿茸、麝香、牛黄、熊胆、羚羊角……捆成捆，打成包，满满装了一雪橇，作为一份礼物，送给可爱可敬的小客人，表示虎王父子衷心的谢意。

雪橇叫八匹大灰狼拖拉，又特派一只红狐狸做驾驶员，丁丁向虎王父子挥手告别，长鞭一响，驶向归途。

小丁丁高高坐在雪橇上，亮开嗓门，唱起一首自编的歌谣：

> 翻过两道山呀，
>
> 又过一条河，
>
> 丁丁我心里乐呵呵。
>
> 交了个朋友是老虎，
>
> 大灰狼也来给我拉车……
>
> 狐狸狐狸你快点儿赶，
>
> 我好像听见亲爱的妈妈，
>
> 她一声一声呼唤着我！

积雪如碎银铺地，雪橇似凌空飞驰，红狐狸频频举鞭吆喝，八匹灰狼齐心协力拉车，一时三刻，就平平安安回到丁丁家里了。

老妈妈以为自己可怜的孩子早被大老虎咬死了，正在悲哀伤心地哭啼，突然，小丁丁像神话传说中的勇士一样，乘坐一辆神奇的装满宝物的飞车，出现在她面前。老妈妈真像做梦一般，又哭又笑，不知该说什么好……

哦，亲爱的读者，让我们也来为小丁丁探奇历险后的凯旋，热烈鼓掌欢迎！


（汉族民间故事）

# 戴铃铛的小羊羔

草原上有个畜牧家，年纪刚刚八岁，名字叫作瓦申塔。他放牧的全部牲畜有多少？不多，只有一只羊羔。

瓦申塔的羊羔，是世界上最美丽的一只羊羔。它有一双金耳朵、四只小银蹄，浑身的绒毛，雪白蜷曲；眼睛周围，生一对黑眼圈儿。在它的脖颈上，小主人还替它系了一只铜铃铛儿。可爱的小羊羔，撒开四只小银蹄，在青草地上蹦跳跑动的时候，"丁零零！丁零零！"铃铛儿便快乐地响着。

这天清晨，太阳刚刚升起，鲜花瓣儿上，青草叶儿上，露珠儿闪闪发光。瓦申塔引着他可爱的小羊羔，到向阳的山坡上吃草。

哎呀，不好！一只狡猾的老黄狼，蹲伏在路边的灌木丛里，趁瓦申塔没留意，突然，一口叼起小羊羔，顺着山沟，飞一般跑去！

"丁零零！丁零零！"铃铛儿惊惶地响着，瓦申塔朝那铃铛儿响着的方向，紧紧追去。他不顾一切，要从恶狼口里，抢救下可怜的小羊羔！

"丁零零！丁零零！"铃铛儿绝望地响着。翻过重重大山，越过条条深沟，穿过片片丛林，老黄狼前面跑，瓦申塔随后紧追。追呀，追呀，他终于追上了老黄狼。

瓦申塔捡起一块大石头，使劲向老黄狼砸去。啪嚓一声，老黄狼

的脑袋碎了，跌倒在地上死了。可是，可怜的小羊羔啊，喉咙已经被恶狼的牙齿咬断了！它雪白的绒毛上沾满污血，软绵绵躺在地上，一动不动了！它再也不能够发出"咩咩"的亲切叫声了，再也不能撒开四只小银蹄，在青草地上蹦跳了 —— 它小小的生命，已经被可恶的老狼夺去了！

瓦申塔怀着悲痛的心情，在最高的一座山头上，刨开一个小坑儿，埋葬了小羊羔。

"再也见不到你了，我可怜的黑眼圈！"瓦申塔默默地祷告说，"你静静地安睡吧，安睡吧！"

几颗亮晶晶的泪珠儿，从瓦申塔的眼睛里滚下来，一颗颗滴落到小羊羔的坟堆上。

瓦申塔手里捏着从羊羔脖颈上解下来的铜铃铛，无精打采地往回走。他心绪烦乱，走着走着，不觉迷失了方向。前进，是穿不尽的深林；后退，是云雾弥漫的高山。瓦申塔在深山茂林里兜了很多圈子，怎么也找不到回家的路径。

他实在太疲倦了，便在森林边上的一方大青石上坐下来休息。他毫无目的地摇着那只铃铛儿。"丁零零！丁零零！"在这荒无人烟的空山里，铃铛儿哀愁地响着。

"小孩儿！"突然在瓦申塔的身后，一个苍老而洪亮的声音叫道。

瓦申塔吃惊地回头看时，只见一位红脸膛、白头发、白胡须的老爷爷，笑呵呵地站在自己身旁。

"小孩儿！"老爷爷说，"你倒是有一只很好听的铃铛啊！"

"是的，这是我的铃铛儿。"

"可是，你这铃铛儿发出的声音，为什么那样悲哀呢？"

"因为，我可怜的小羊羔，刚才被恶狼咬死了！这铃铛儿，原来就挂在它的脖颈上。"

"哦，明白了！"老爷爷同情地说，"那么，你愿不愿意让你那只羊羔活转来呢？"

"不，这是不可能的！"瓦申塔回答说，"我已经把小羊羔埋葬在山头上了，它永远也活不了啦！"

"不，不，这是能够办到的！"老爷爷说，"小孩儿，把你的铃铛递过来吧。"

老爷爷接过了铃铛儿，又从怀里摸出一只小瓷瓶儿，打开瓶口儿，向铃铛上面滴了三滴红色的水珠 —— 水珠儿很快就干了，然后，依旧把铃铛还给了瓦申塔。

"拿好它吧！"老爷爷说，"你只要对着死去的羊羔，把铃铛摇响，念上几句歌诀，它就能从地上跳起来，跟你回家了。"

瓦申塔听了这一番神秘的话，惊奇地问道："老爷爷，您……是不是一位老神仙？"

"哈哈哈哈！"老爷爷放声大笑起来，"小孩儿！天地间是没有神仙的。我不过是一个采药老人，难道你没有看见我这套家什吗？"

瓦申塔这时才注意到，在老爷爷的脚边，果然放着一只盛满药草的篮子，还有一把鹤嘴小锄头。

"我是一个踏遍天下名山、采集世间万药、治人疾病、活人性命的采药老人。"老爷爷对瓦申塔说，"刚才滴到你铃铛上的，是我熬炼出来的百药之精。你念起歌诀，摇一摇铃铛，药的香味散发出来，别说一只羊羔，就是咽气不满三天的死人，嗅到药香，也能够起死回生呢！"

"啊，谢谢您，老爷爷！"瓦申塔感激地说，"那么，请您赶快教我歌诀吧！"

"好，你听着——"老爷爷轻声吟唱道：

铃铛儿快乐地响着，

唱一支召唤生命的歌：

让我心头的悲哀消除，

让失去了生命的羊羔儿复活。

——睁开眼睛吧，小羊羔！

——跳起身来吧，小羊羔！


"记住了吧？"老爷爷说，"好，照我教的，你再重唱一遍。"

瓦申塔点点头，也学老爷爷的样子，轻声重复唱道：

铃铛儿快乐地响着，

唱一支召唤生命的歌：

让我心头的悲哀消除，

让失去了生命的羊羔儿复活。

——睁开眼睛吧，小羊羔！

——跳起身来吧，小羊羔！


"聪明的孩子！"老爷爷夸赞道，"好啦，就是这样，去救活你的羊羔吧。不过，你要记住，那只滴上药水的铃铛，只要使用一次，就失去灵性了。所以，你在路上走着的时候，千万不能随便摇动它——再会！"

说罢，采药老人提起药篮，拿上小锄头，慢慢走入森林深处去了。

瓦申塔呆呆地望着，直到老爷爷的背影完全消失，这才紧紧捏着小铃铛，朝那埋葬羊羔的最高的山头走去。

半路上，在一条山沟出口的草地上，他看见一个妇人，守在一座小土堆旁边，低声悲哀地祷告："我可怜的孩子！愿你长眠地下，安息吧！"

说着，成串成串的泪珠儿，从那妇人的脸上滚下来，洒落到她面前那座小小土堆上。

瓦申塔看到这情景，忍不住走近前去，问道："阿婶！您为什么对着这座土堆流泪呢？"

妇人哀痛地回答说："小弟弟！因为在这座坟堆下面，埋葬着我三岁的小女儿！——你没有看见过她，她是多么可爱的一个孩子啊！可怜她害病死了，再也不能坐到妈妈的膝头上，望着妈妈眯眯地笑了！——我可怜的孩子啊！"

母亲悼念夭折的女儿的悲痛感情，深深感动了瓦申塔。他觉得自己鼻子里一阵发酸，眼泪都快要流下来了。

此时，那只神奇的铃铛儿，紧紧捏在瓦申塔温暖的手心里，静静地等待着，时机一到，它就会抖擞精神，发出声音："丁零零！丁零零！"快乐地唱起一支召唤生命的歌。

瓦申塔呆呆望着那座小坟堆，听着这位母亲哀痛的哭诉，许久许久，不能离开这儿。

"阿婶！"他终于开口问道，"您的小女儿，死去很久了吗？"

"不。"妇人回答说，"我可怜的小宝贝，她是前天才离开妈妈的！"

"前天？啊！"瓦申塔长长松了一口气，说道，"阿婶！您不要哭。您可爱的小女儿，会回到您身边的！"

妇人听了瓦申塔的话，惊疑地瞪大了眼睛："啊？小弟弟！你在说什么？"

"我是在说，您的小女儿马上会活转来的。"

"小弟弟！别开玩笑吧！"妇人说，"就是全能的佛爷，也做不到这一点啊！"

"不，我不骗您！"瓦申塔认真地解释说，"是这样，我有一只神奇的铃铛儿，只要对着小妹妹的尸体摇一摇，她立刻就会睁开眼睛坐起来。"

说着，瓦申塔伸出手去，那只小铜铃铛，就托在他的手掌上，黄灿灿发出金色的光。

妇人看了一眼，怀疑地摇着头说："那不过是一只普通的铃铛，我看不出它有什么特别的地方！"

瓦申塔有些急了。为了使这位母亲相信他的话，他只好详细地说明，他这只铃铛，为什么会有那样神奇的作用。最后，他说："阿婶！就让我们来试一试吧——反正，它并没有什么害处！"

妇人听了瓦申塔的解释，又见他那么严肃认真的样子，看来并不是一个不诚实的孩子，她有一点儿相信了。这个母亲心里，忽然产生出一线希望："啊！如果真能够使我的小宝贝活转来，那该多么幸福啊！那么，小弟弟！我们就来试试吧！"

小小的坟堆刨开了，一块石板揭去了，墓穴里，静静地躺着一个小姑娘。她闭着她的小眼睛，脸蛋上的颜色，还是那么红润，好像是在香甜的熟睡中一般。

瓦申塔摇响他的小铃铛，"丁零零！丁零零！"在清脆悦耳的铃声伴奏下，他用庄严的充满热切希望的声调，亮开嗓门唱道：

铃铛儿快乐地响着，

唱一支召唤生命的歌：

让母亲心头的悲哀消除，

让失去了生命的女儿复活。

——睁开眼睛吧，小妹妹！

——跳起身来吧，小妹妹！


铃声刚停，歌声才歇，一股奇异的芳香，从那滴上百药之精的铃铛里散发出来。那好像沉睡着的小姑娘，忽然眨动睫毛长长的眼皮，扑闪扑闪，睁开她一双乌黑发亮的眼睛，接着，两只小手一扒，就从小小墓穴里，翻身坐了起来。

"妈妈！"她张开小嘴儿，亲热地叫道。

母亲又惊又喜，伸手抱起她的小女儿，紧紧地搂在怀里，不住吻着她的脸蛋儿，说道："我的心肝儿！我的宝贝儿！"欢喜得又流下眼泪来。

瓦申塔望着这重新团聚的母女俩，心里热乎乎的，也感到很快乐，早已忘掉了他自己那只可怜的小羊羔。

妇人万分感激，连声向瓦申塔道谢："谢谢你，小弟弟！现在，你可以去救活你那只羊羔了！"

"唔！"瓦申塔一听，不觉轻轻叹了口气，说，"这……不能够了！"

"为什么？"

"因为，采药老人告诉过我，铃铛用过一次，就失去灵性了！不过，我看到小妹妹，活泼泼地偎依在您的怀抱里，没有那只羊羔，我也很快乐——再见吧，阿婶！再见吧，小妹妹！"

瓦申塔说完，转身就要走去。

"等一等，小弟弟！"妇人一把拉住瓦申塔，说道，"你为救羊羔，辛苦奔波，也真够劳累了——请你到我家里歇一会儿吧！"

瓦申塔接受了妇人的邀请，转过山脚不远，来到一座帐篷。吃了一点儿糌粑，喝了两碗奶茶，瓦申塔起身走出帐篷门外，就要告辞回家。女主人说："别忙，请你稍微等一下。"说着，她撮起嘴唇，长长打了一声响亮的口哨，忽然，从远处传来咩咩的叫声，一只欢蹦乱跳的小羊羔，从草地前面滚球一般跑过来，还围在女主人的身边，不住地又跳又叫。

瓦申塔仔细看去，这只羊羔，也有一双金耳朵、四只小银蹄，也是一身雪白的绒毛，柔软蜷曲。要不是那两个眼圈是黄色的，他几乎认为是自己那只羊羔复活了！

女主人笑眯眯地问瓦申塔："小弟弟！我这只羊羔，可有你那一只可爱？"

"同样可爱！"瓦申塔赞美道，"真是一只美丽的羊羔！"

"那么，我就把它送给你好啦。"

"不，不！我不能要您的羊羔——再见！"瓦申塔说着，急忙向回家的路上大步走去。

妇人见瓦申塔头也不回地走去了，便对身边的羊羔说道："听着，黄眼圈！前面走去的，是一个非常善良的孩子。他自己曾经有一只像你一样的羊羔，今天被恶狼咬死了。他失去了他心爱的小羊羔，心里很悲哀，所以，我就把你赠送给他了。你跟这好心的孩子去吧，他会很好地看待你的！"

小羊羔好像完全领会了女主人的意思，便滚球似的跑去，很快追上了瓦申塔。它快乐地咩咩叫着，好像在说："小主人，咱们一块儿走吧！小主人，咱们一块儿走吧！"不管瓦申塔怎样撵它，赶它，小羊羔总是不回到它原来的主人那里去。

瓦申塔没办法，只好把羊羔抱起来，重新回到妇人帐篷前，向她求告说："阿婶！它认错人了，请您把它拴起来吧。等到我走得很远很远以后，您再放开它。"

"小弟弟！"女主人变了脸色，不高兴地说，"你救活了我的小女儿，使我得到了最大的欢乐。可是，你失去了小羊羔，心里仍然很难过。我诚心实意想给你一点儿安慰，你为什么这样拒绝呢？"

"这……"瓦申塔一时被问得答不上话来，想了一会儿，才说，"因为……因为——我还是不能要您的羊羔！"

"这没有道理，小弟弟！"女主人又温和地微笑着，对瓦申塔说，"告诉你吧，我这只羊羔，是很机灵的。我既然吩咐它永远跟着你去，那你就用什么办法也赶不开它 —— 不信，我们当面问问 —— 喂！黄眼圈！你愿意跟这位小朋友去吗？"

"咩 —— "小羊羔叫着。

"听到了吧？"女主人笑着对瓦申塔说，"它说：'我愿意！'喂！黄眼圈！既然你愿意，就去恳求这位小朋友，收下你吧！"

"咩嘎嘎！咩嘎嘎！"小羊羔跑到瓦申塔面前，热情地叫着。

"听到了吧？它在向你恳求：'收下我吧！收下我吧！'小弟弟！我和我的羊羔，都这样求告你，难道你一点儿也不动心吗！"

瓦申塔突然弯下身去，抱起小羊羔，紧紧地搂在怀里，吻着羊羔毛茸茸的黄眼圈，说道："我可爱的小羊羔！我可爱的小羊羔！"

…………

夕阳的万道金光，照射着草原。草原上，有一条弯弯曲曲的小路。小路上，走着一个八岁的小畜牧家，在他的身边，跟着一只欢蹦乱跳的小羊羔。小羊羔，有一双金耳朵、四只小银蹄，浑身的绒毛是雪白蜷曲的，两个眼圈是黄色的。在这只美丽可爱的小羊羔的脖颈上，还挂着一只铜铃铛儿。

小羊羔快乐地跑着。

"丁零零！丁零零！"铃铛儿快乐地响着。

（藏族民间故事）

# 夏毛的奇遇

花海滩上谁最富，当然，要数才郎第一。

才郎有一百匹马、一千头牛、一万只羊。可是，他还贪心不足。这一天，他叫来十八岁的儿子金巴，嘱咐说："孩子，我给你二十头牦牛，驮上草原上最宝贵的货物，去河州城里做生意吧。但愿你一本万利，赚回黄金万两，让阿爸铸造一匹金马驹！"

"我很乐意照您的吩咐去办，阿爸！"儿子金巴回答说，"不过，我只会数自己十个手指头，如果再加上十个脚趾，就不知道那是多少了——只怕城里人会欺骗我哩！"

"笨蛋！"老牧主生气地说，"十个手指头再加十个脚趾，不就是二十个嘛！得啦，得啦，我派夏毛跟你一块儿去好啦！"

夏毛是才郎家里的放羊娃，他和金巴同岁，却是个聪明精干的少年。奔腾的群马从夏毛面前跑过，他就能一口报出那是几百几十几匹；叽叽喳喳的鸟雀落在树上，他就听得出鸟儿们说着什么话……

老才郎叫来夏毛，说道："夏毛，你面前摆着金元宝，就看你敢要不敢要！"

夏毛回答说："老爷啊！我身上穿不暖，肚里吃不饱——还想什么金元宝？"

"你跟着少爷去做买卖，保你一定能发财！"

"掌柜赚钱千千万，小伙计还是个穷光蛋——我不去！"

"不，只要生意兴隆，我和你二八开分红。"

"说话算数？"

"我向神圣的佛爷保证！"

…………

事情就这样决定了，打开仓库取货了。各种珍奇皮毛和各类名贵药材装起来，捆起来，二十头牦牛驮起来。临出发的时候，老牧主对着儿子的耳朵，悄声说了几句话，金巴连连点头回答："嗯，嗯，我记下了，阿爸！"

夏毛赶牛前边引路，金巴骑马随后相跟。他们登雪山，过冰川，穿森林，走河谷……历尽千辛万苦，终于来到河州城。

古老的河州城，是一个多民族聚居的地方，这里有回族、汉族、藏族、东乡族、撒拉族……人烟稠密，市面繁华。那不识数目的少爷金巴，全靠聪明的夏毛，替他精心计划。售出药材，换来绸缎、布匹；卖去皮毛，买回茶叶、盐巴。二十头牦牛，驮满草原人民需要的货物，还赚了很多金银，金巴好高兴。可是，当他想到回家以后，夏毛还要分红，心里又很不舒服。在回去的路上，他问夏毛："夏毛，二八开分红，你要分多少？"

夏毛笑着回答："不多不多，十个指头，我只分两个。"

金巴一听，真像有人用刀砍去他两个手指头那样心疼。他忽然想起，那天离家的时候，老阿爸咬耳朵给他出的主意，就偷偷把一只银镯子，扔到了路边崖底下。

"哎呀！"

"怎么啦？"

"我的手镯掉到崖下了！"

"一只手镯不值啥，丢就丢了吧。"

"不，那是金瓦寺的佛爷赐给我的长生圈，可丢不得呀！"金巴说着，就呜呜地哭起来。

夏毛到崖边一看，见那只手镯，恰巧挂在半崖一棵松树上，就说："别哭啦，我去给你拿上来就是了。"

夏毛拉住长长的马缰绳，垂下悬崖，去拿手镯。不料，狠心的金巴，一刀砍断马缰绳，也不管夏毛死活，就翻身上马，赶着二十头牦牛跑了。

夏毛掉落在松树上，上不沾天，下不着地，困守了一日一夜，又冷又饥又渴。第二天早晨，夏毛忽然听到头顶一只红嘴乌鸦连声向他报信："呱！呱！来人啦！来人啦！"

夏毛扯起喉咙，高声呼救。果然，叫住了一个过路的货郎客。货郎客用一条麻绳把夏毛拉上悬崖。夏毛就用金巴那只手镯，酬谢了好心的货郎客。

夏毛鼓起勇气，孤身一人向前走。他决心用一双脚板，走回故乡。可是，这一路干旱荒凉，看不到一群牛羊，寻不着一座毡房。太阳落山了，天已经黑了，他走得又乏又累，便在一座煨桑台[1]的石坎底下，倒身睡了。

月亮上来了，照得煨桑台一片明亮。忽然来了一只老虎、一只狐狸

---

[1] 煨桑台：藏族祭神的土台。

和一只狼，他们登上台子会餐，狼叼来一只羊羔，吃完羊羔，又开诗歌朗诵会。他们的诗，说的都是各自知道的一个秘密——

老虎吟的诗，题目叫作《三树藏宝》：

稀罕稀罕真稀罕，

三棵树下埋瓷坛。

瓷坛里面装的啥？

——银圆！

狼吟的诗，题目叫作《石牛吐水》：

新鲜新鲜太新鲜，

石牛肚里能行船。

敲掉牛头看是啥？

——清泉！

狐狸吟的诗，题目叫作《仙草活命》：

可怜可怜实可怜，

多灾多病王秀兰。

搭救姑娘用啥药？

——雪莲！

这三位野兽"诗人",吟完了诗,都高兴得哈哈大笑。可是,夏毛却猜不透那诗里的意思。第二天黎明,夏毛起身一看,三只野兽早走散了,只见大山脚下,有三棵老松树,离松树不远,又有一块形状像牛的大石头。夏毛心想,难道这就是"三树藏宝"和"石牛吐水"吗?于是,他抱着极大的兴趣,跑到三棵树下,用腰刀使劲掘土,果然掘出一瓷坛银圆。他又用石头猛力敲那石牛的头部,牛头掉了,一股清凌凌的泉水喷射出来,很快就流成一条河。

夏毛好高兴啊,他立刻动手,就在这三棵树下搭起几间草房,又用瓷坛里的银圆,从过路商贩那里,买了几群牛羊。泉水清,河水长,牧草绿,鲜花香……从前的干旱荒滩,变成了美丽富饶的牧场。有些流浪四方的穷乡亲也纷纷前来,落脚安身。夏毛助人为乐,拿出自己的银圆,帮助他们安家立业,人人都过上了好生活。

临洮有位王员外,生了个女儿叫秀兰。秀兰姑娘得了一种妇科病,名医高手治不好,求神拜佛也无效。听人说甘南草原三棵树,石牛吐出神泉水,能治百病赛灵丹,老员外不辞山高路远,带着秀兰姑娘来找这眼神泉。可是,神泉找到了,泉水也喝了,秀兰姑娘的病,不但没好,反而更重了。三棵树的藏族乡亲们都为这可怜的姑娘担忧发愁。

夏毛忽然记起,狐狸作的《仙草活命》那首诗,不就是说的这位姑娘嘛!于是,他对王员外说:"老先生,我知道有一种药,能治好您女儿的疾病。"

老员外忙问:"年轻人!请你告诉我,那是什么灵药?"

夏毛向远处一指,回答说:"昆仑高山,白雪皑皑,雪山顶上雪莲开,一枝雪莲,能治百病!"

"哎呀，雪山那么高，只怕采不到啊！"

"不怕！雪山再高，挡不住雄鹰的翅膀。为了治好秀兰姑娘的病，我愿登山寻宝！"

"太感谢你啦，年轻人！"老员外说，"要是你治好小女的病，要金给金，要银给银。金银珠宝都不要，我就把秀兰许你配成婚。"

万丈昆仑山，高高插云端。冰封山腰，雪盖山顶，登山堪比登天难！好一个夏毛，他脚穿钉鞋，手执长钩，像小鹿那样轻捷，像猿猴那样灵敏。噌噌噌，飞身爬上大雪山，采来一朵刚刚开放的雪莲花，献给姑娘王秀兰。

秀兰闻见花香，就觉神清气爽，等到泡成药酒，连饮七七四十九天，就完全恢复健康，变得像一朵雪莲花那样美丽！

老员外满心欢喜，准备重重酬谢夏毛，先端出千两白银，夏毛不收；又端出千两黄金，夏毛也不收。老员外为难地说："年轻人啊！我谢你白银黄金都不要，你的心思我知道。可惜，我是汉族，你是藏族，我们两家结亲，恐怕不太合适。"

夏毛害羞地说："可是，唐朝的文成公主，却嫁给了藏王松赞干布！"

老员外笑着问女儿："秀兰，你说呢？"

"爹爹！"姑娘红着脸儿，低声回答，"文成公主，她，是好样的！"

在乡亲们一片欢笑声中，定下了这门美好的婚姻。老员外亲自看着夏毛和秀兰举行了欢乐的婚礼，才回临洮去了。

秀兰姑娘脱去绣鞋穿皮靴，解下罗裙换藏袍，挤牛奶，打酥油，磨糌粑，剪羊毛——完全像一个藏家女儿那样，和夏毛相亲相爱，过着勤劳幸福的生活。

有一天，牧村来了个流浪汉，穿一身破衣烂衫，到处向人们讨糌粑吃——正是那个笨蛋金巴。原来，他赶着二十头牦牛逃跑，心慌意乱迷了路，碰上一伙强盗，被抢去全部货物，剥光身上衣服，变成了一个可怜的叫花子。

金巴来到三棵树，看到夏毛不但没有从悬崖上跌死，反而得到成群的牛羊、美丽的妻子，心里好奇怪。他向别人一打听，晓得了夏毛获得幸福的秘密，自己也想碰碰运气。这天晚上，他偷偷跑到煨桑台，藏在石坎底下，要窃听那三只野兽吟诗。天黑了，月亮上来了，果然，来了一只老虎、一只狐狸和一只狼。

狼说："唉！今天运气不好，连一只羊羔都没有叼到！"

老虎说："咱们没东西吃，就来吟诗玩儿好不好？"

"等一等，"狐狸说，"上回咱们吟诗泄漏了秘密，宝贝都让别人得去了——这次可不能疏忽大意！"

老虎和狼齐声说："对呀，对呀，咱们先来搜查搜查，看有人偷听没有！"

说着，三只野兽一齐跳下煨桑台，各处搜查起来。很快，就在石坎底下，发现了金巴。老虎、狐狸和狼一齐大叫起来："哈哈，好小子！你又来偷听我们的秘密了！对不起，今晚上正愁没东西吃，就把你当一只活羊充饥吧！"

就这样，笨蛋金巴完蛋了，我们的故事也讲完了。

（藏族民间故事）

# 皮口袋传奇

在我的童年时代，我那掉光了牙齿的老祖母，曾经给我讲过一个与皮口袋有关的挺有趣味的故事。现在，我也由一个小姑娘变成一位老祖母了，可那个皮口袋的故事，至今还深深保留在我的记忆里。

## 从拉萨求来的娃娃

曼尔玛草原上的土官桑巴，家里有很多钱。这位土官想：马养在圈棚里，可以生出小马驹；牛放在草滩上，可以生出小牛犊；可是，我的钱藏在皮口袋里，却永远也生不出它自己的后代，这太吃亏啦！于是，土官桑巴就把他的钱借给穷人——借一木碗银圆，还一靴筒银圆；借一马勺铜钱，还一锣锅铜钱。因为桑巴先生不识数目，要一块一块地去数银圆，或一枚一枚地去数铜钱，他就会越数越糊涂。用大小两种家什计量银钱出入，他认为这是最聪明的办法。可不是嘛，借出去时不过一小勺儿，收回来时就成一大锅子，真好像桑巴先生的钱，也会生出钱子钱孙来啦！

曼尔玛草原上的牧人毛兰木，夫妻都已年过四十，身边却还没有一男半女。好心人劝他到拉萨去拜佛求子，他也很愿意去碰碰运气。可是，拉萨是个遥远的地方，要去那里朝拜佛爷，据说要花费一皮口袋钱呢！毛兰木的家庭并不富裕，他只好去和土官桑巴商量，能不能借给他一笔路费。

"啊，到拉萨去给大活佛磕头，这是好事嘛！"桑巴满口答应说，"阿啰！把你掖在腰带上的那条口袋取下来，我马上给你付钱。"

毛兰木连忙从腰带上解下自己平常放牧时盛食物的小兔儿皮口袋，倒空了里面的残奶渣、剩糌粑。

"把皮袋的口儿撑开，毛兰木！"桑巴一面说着，一面从他的一条肥大的牦牛皮口袋里，掬出一捧一捧嘚琅琅响的铜钱，装进借债人的口袋里，"哦，咱们可得说清楚，现在借给你一兔皮口袋钱，三年之后，你可得还给我一羊皮口袋钱才行——听明白了吧？"

"明白啦，就照老爷的规矩办！"毛兰木点头答应说。他一心只想着抱个胖小子，而对这一笔沉重债务的偿还问题，一点儿也没有考虑。

一年过去了，毛兰木从遥远的拉萨朝拜回来了。不知是他虔诚地磕过长头佛爷真显了灵，还是一种偶然的巧合，毛兰木的妻子卓玛吉第二年就生下了一个胖娃娃。老两口高兴极了，便给他们的儿子取了个亲昵的小名儿，叫塔塔。又过了一年，小塔塔周岁生日的那天，土官桑巴托人给毛兰木捎了个口信，说他借给他的那笔账款，已到偿还的期限了。毛兰木猛然想起：哎呀，真是的，还欠桑巴一皮口袋钱哩！

要知道，我们这儿的羊皮口袋，都有一副贪婪的大肚子。当毛兰木意识到他必须用钱去喂饱这头"怪物"空荡荡的肚皮时，他这才真正感到事情的严重性了！

他卖去了乘马，卖去了乳牛，卖去了仅有的几十只绵羊和山羊……

他卖去了马鞍子、马褥子，卖去了青铜佛爷、黄铜香炉，卖去了自己的老火枪和妻子的银戒指…

他把全部家产变换成钱，一心要把一条羊皮口袋装满，他始终没有成功！

"哦！我再也变不出一枚小钱了！"毛兰木望着那条只装了一半的钱口袋，长叹一声说，"就让土官桑巴，按照他的规矩处死我好啦！"

"别说这种不吉利的话，毛兰木！"他的妻子安慰他说，"记得你当年从桑巴那里借回来的，只不过一兔儿皮口袋钱罢了。如今我们还给他半羊皮口袋钱，至少也比他的老本多出十倍 —— 我想，土官老爷是会手下留情的！"

毛兰木沮丧地摇了摇头，不说一句话，默默地亲了亲酣睡在妻子怀抱里的可爱的儿子 —— 小塔塔，背起半羊皮口袋钱，还账去了。

这一去，毛兰木就再也没有回来！

有人说，他是被土官桑巴的烂眼睛管家用皮鞭打昏，扔到野滩上让老雕吃了……

也有人说，西琼渡口的筏子客，从黄河里捞起一条牛皮口袋，打开一看，里面装着个腐烂发臭的无名尸体，样子有点儿像毛兰木……

总之，众说纷纭，凶多吉少。看来，可怜的毛兰木，是再也回不到他老妻幼子身边来了！

## 红泥小火炉

蓝天上雁来了，雁去了；草原上花开了，花落了……十五年岁月，一眨眼儿就过去了。毛兰木的可怜寡妇卓玛吉受尽千辛万苦，到底把儿子塔塔抚养成人了。

塔塔是个非常聪明能干的小伙子，春天，上南山烧炭；夏天，下黄河捕鱼；秋天、冬天，把生产的鱼干和木炭用皮筏子运到很远的汉族集镇上出售，换来粮食、布匹，奉养自己的老母亲，光景过得也还凑合。

塔塔在高山大河上劳动，云霞映红了他青春的笑脸，水浪拍打着他健壮的筋骨。他很快乐，也很幸运。他在山上烧炭的时候，得到了一块能随着他的意思，自动燃烧或熄灭的奇妙的木炭；他在河里捕鱼的时候，又从水底深处，捞到了两颗闪耀着五彩光华的珠子……他用这些捡来的宝贝玩意儿，练出几套魔术游戏，表演给母亲看，为老人家的晚年增添几分乐趣。

不料，有一天，土官桑巴突然到这孤儿寡母的小土屋里来了。

"卓玛吉，你好！"他向女主人问道，"这位漂亮的小伙子，他是谁呀？"

"是我的儿子，老爷！"卓玛吉骄傲地回答，"他叫塔塔，今年十六岁了。"

"啊，都长这么高了！"桑巴又对睁着一双圆彪彪的眼睛打量着客人的塔塔说，"小伙子，你可知道，你还是你阿爸当年上了一趟拉萨，从佛爷那里讨来的呢！"

"不错，我好像听老人们也这样讲过。"塔塔笑眯眯地回答，"由于阿爸的愚昧行动，还花掉了一口袋从一个可恶的高利贷者手里借来的钱呢！"

"不许你这样污蔑我，小伙子！要不是我那一口袋钱，世界上哪里会有你这个小塔娃[1]？"

"哦，这么说来，您就是那位……土官老爷了？"塔塔嘻嘻地笑着说，"对不起，失敬了，失敬了！"

"你能认识我桑巴就好。我告诉你，你阿爸当年欠我的一皮口袋钱，还有一半没有偿还呢！"

"屁大一点儿小事嘛，回头我还你就是了。请坐吧，老爷！贵客临门，可不能不喝碗奶茶啊！"

塔塔客气地请桑巴坐下，然后，在一口固定在红泥小火炉上的铜锅子里添了一锅清水。这座红泥小火炉，一没炉门，二没炉膛，三不烧柴，四不吹风——塔塔拿起一根青桐木棍儿，当当地敲着炉壁，唱道：

> 烧水来，
>
> 熬茶来，
>
> 宝贝火炉帮忙来！

不一会儿，那镶嵌在泥炉上面的铜锅，里面的水便"咕嘟咕嘟"烧开了。屋子里也顿时暖烘烘的，就像烧了壁炉一般。

对这神妙的火炉，桑巴十分惊奇。他绕着火炉转了三圈，一点儿也看不出其中的奥秘。其实，这是塔塔闹着好玩的一种游戏：就在那火炉的中间，密封着他那块自动燃烧的木炭罢了。

"亲爱的小伙子！"土官桑巴满脸堆笑说，"你把这泥火炉卖给我，

---

[1] 塔娃：用人、奴仆的贱称。

好吗？"

"不卖，老爷！"塔塔说，"我们是穷人，有了这样一座宝贝火炉，要节省多少烧柴钱哩！"

"不要这样固执，塔塔！我会给你出大价钱的！"桑巴死乞白赖地说，"只要你把火炉给我，你阿爸当年欠我的那笔旧账，就算一笔勾销了——要知道，那可是半羊皮口袋钱呢！"

塔塔犹豫了一阵子，对母亲说："阿妈，既然土官老爷这样喜爱咱们的宝贝火炉，就卖给他好吗？"

母亲说："孩子，阿妈老了，家里的事，就由你做主吧！"

…………

## 会下蛋的母牛

三天以后，土官桑巴却气急败坏地找上门来了。

"好小子！你敢欺骗老爷！"桑巴大喊大叫说，"赔我的眼睛来！还我的半羊皮口袋钱来！"

"老爷，老爷！别这么高喉咙、大嗓门地吼叫好不好？"塔塔说，"您比我家那头生蛋的母牛叫起来还怕人！到底是怎么回事？您慢慢说嘛！"

"怎么回事？你去问你那见鬼的火炉吧！"桑巴说，"我把它带回家里，请来了九大部落、二十四座寺院的高贵客人，我要当众炫耀一下宝贝火炉的妙用。谁知道，火炉根本就不灵嘛！"

"您唱歌了没有？"

"唱歌唱得口干了！"

"您敲打了没有？"

"拿棍子敲得手酸了！"

"唱了，敲了，水还是不开？"

"开个屁！气得我急了，使劲一敲，嘭一声响，火炉爆炸了，把我一只眼睛也炸瞎了——好小子！咱们这笔账可是算不完的！"

"啧啧！啧啧！"塔塔咂着嘴皮，不胜惋惜地说，"多么可惜啊，我的宝贝小火炉！一定是您用力过猛，一棍子把它敲碎了，老爷！"

"赔我的眼睛来！还我的半羊皮口袋钱来！"桑巴说。

"得啦，虽然过错完全是您自己造成的，我也不计较了。土官老爷，我可以赔偿您的一切损失。"塔塔回过头去，对母亲说，"阿妈，去把母牛前几天生的那颗宝贝蛋拿来。"

卓玛吉进到土屋的里间去，不一会儿，双手捧出了一颗光芒四射的宝珠，几乎有鸡蛋那么大。塔塔将晶莹的珠子接过来，托在手掌上，对桑巴说："看到了吧，老爷！我这颗母牛蛋，能抵得上你一只眼睛和半羊皮口袋钱吧？"

土官桑巴不觉又被眼前的奇迹惊呆了。

"什么？什么！母牛蛋？"桑巴咧开嘴巴，嘻嘻地笑起来，"好一个狡猾的塔塔！你以为我坏了一只眼睛，就不识货啦？托在你手上的珠子，我从三步以外，就清清楚楚看出，那是一颗真正的宝珠。而你竟胡说什么母牛蛋、母牛蛋！——在这上面，你想欺骗我桑巴，可是不容易的！"

"我叫它母牛蛋，您说它是宝珠，反正叫什么都没有关系。不过，我还得告诉老爷，它的的确确是我家里养的一头母牛生下来的……"塔塔正说到这里，忽然从屋后传来一声牛叫，"听到了吧，老爷！我说的就是这头牛，它现在又要生蛋了，您要不要亲自去看看？"

土官桑巴抱着极大的兴趣，跟随塔塔来到一间空房子里。只见一头身干皮瘦的老乳牛，站在一条干净的白羊毛毡上，哞哞地叫着。

塔塔走上前去，亲切地拍着牛屁股，唱道：

母牛乖乖，

财门开开，

宝贝蛋儿——

滚出来！滚出来！

歌声刚落，那头母牛尾巴一撅，就从屁股眼里屙出一颗明闪闪的珠子，掉落在白毡上，滴溜溜地滚个不停。

土官桑巴早已看得眼红，扑上去一把抓住那颗宝珠，细细观看，真和塔塔刚才拿的那一颗一模一样。啊！想不到这么一头并不起眼的老牛，居然能有如此神奇的本领！其实，桑巴又被愚弄了。塔塔养着的这头母牛，并不会生什么蛋。它刚才屙出来的珠子，是塔塔事先放进牛屁股眼里去的。不过，妙就妙在只有等小主人拍拍屁股，唱一首歌，老牛才条件反射似的把那颗珠子屙出来——这是塔塔专门训练而成、逗老母亲一笑的戏法儿罢了。愚蠢的土官，却信以为真啦！

桑巴赞叹说："好牛哇，好牛！"

塔塔谦虚说："过奖了，过奖了！"

桑巴又问："它每天都生蛋吗？"

塔塔回答："不瞒老爷说，要是我能给这头畜生喂足了精料，它会每天生蛋的。可惜，我们是穷人，哪有那么多黄豆给它吃。所以，它每隔十日半月，才给我生这么一颗小蛋。"

"唉！你说的也是实话，让穷人供养这么一头食量很大的牲口，说不定很快就会把它饿死的！"土官桑巴说，"这样好不好？塔塔，我一只眼睛也不让你赔了，那半羊皮口袋钱的欠账，也不向你讨了。你就把这头老牛让我拉去喂吧——怎么样？"

"这可不行，老爷！"塔塔连连摇头说，"上次您拿走了我的宝贝火炉，白白让您给弄坏了。如今又想拉走我的生蛋母牛，要是再出一点儿问题，您又来找我的麻烦呀？"

"一言为定，两不反悔！"桑巴伸出一根食指，在他那肥胖的喉管上锯来锯去，"瞧，我'杀鸡'赌咒了，你还不相信吗？"

塔塔又为难地看着母亲说："那么，亲爱的阿妈！您说呢？"

老母亲说："孩子，我早都讲过了，你是一家之主，我完全相信，你知道怎样和土官老爷打交道的！"


## 神仙一把抓


土官桑巴的跟班伙计把少年塔塔一绳子捆去了，罪名是：招摇撞骗，赖债不还，使土官老爷两次遭受巨大损失。第一次火炉爆炸，炸坏右眼一只；第二次母牛拉屎，弄脏宝贵地毯一条……于是，不容分辩，就把塔塔装进一条牛皮口袋里，扔到荒滩野地，要把他活活闷死。

"哦！大约我那可怜的阿爸毛兰木，也是这样被桑巴处死的！"塔塔闷在牛皮口袋里，心里这么琢磨着，"待在这个没门没窗的皮房子里真不太舒服！我得想点儿办法，先开个窗户透透风才好……"

于是，他用牙齿啃呀，咬呀，终于在牛皮口袋上弄穿了一个小洞。一股清凉的新鲜空气透进来，立刻感到清爽了许多。嘻嘻！土官桑巴，真是头贪心不足的愚蠢的猪！他想得到许多许多宝珠，一定给牛喂了大量黄豆，胀得母牛哞哞直叫唤。他以为它要生蛋了，便给它铺了一条崭新的俄罗斯地毯。哪想到它屙下来的，不是什么夜明珠，却是一泡臭牛屎！哈哈哈哈！

"喂！啥子怪物在那里发笑？"

塔塔正躺在牛皮口袋里胡思乱想，忽然听到有人大声吆喝，并且还有很多杂乱的牲口蹄子走路的声音。他忙从那个刚才咬开的小洞里朝外一瞅，哟！那不是土官桑巴的烂眼睛管家嘛！他高高骑在一匹黑马上，旁边还有十几头牦牛，都驮着沉重的货物。对了，烂眼睛管家替桑巴出外做生意，这是他采购了京广杂货回草原来了。于是，塔塔抓住这个机会，就和烂眼睛管家交谈起来：

"不，我不是怪物——我是人呀！"

"那么，你待在这个臭皮袋里讨死吗？"

"快别这么说，先生！这是一位老神仙借给我的万能口袋，让我待在里边治病呢。"

"治啥子病呀？"

"治烂眼病嘛！唉，先生，这个病可把我害苦了！"

"什么！什么！治烂眼病？效果咋样？"

214

"真是神仙一把抓呀，先生！我那么严重的烂眼病，多少年没法治。可是，我待在这条宝贝口袋里只一阵儿，就好啦！刚才你没有听见我高兴得大笑起来了吗？"

烂眼睛管家一骨碌翻身下马，解开扎口绳子，叫塔塔赶快从牛皮口袋里出来。

"这不合适，先生！"塔塔连连摇头说，"等会儿老神仙来了，如果看见我自行爬出了万能口袋，他会不高兴的。"

"别啰唆啦，快给我滚出来吧！"烂眼睛管家死拉活扯，硬把塔塔揪出口袋，他自己立即钻进里边去了，"小伙子，快，把皮袋口子扎紧，让我也在里面待一会儿！"

"唉，唉，这样办老神仙会见怪的，会见怪的！"塔塔一面这样嘟囔着，一面紧紧地扎住了皮袋口子，然后，骑上烂眼睛管家的那匹黑马，赶上那十几头驮着货物的牦牛，回家去了。

第二天，土官桑巴打发跟班伙计去看那装在牛皮口袋里的坏小子闷死了没有？伙计回来报告说，皮口袋还在动弹呢，看来塔塔还没有闷死。

"赶快把他连口袋给我扔进黄河里去，绝不能让这个害人精跑了！"

土官老爷一声命令，跟班伙计立即执行。

于是，那位想治烂眼而自动钻进牛皮口袋里去的管家先生，就被糊里糊涂投入黄河激流中去了。

## 土官见龙王去了

"敬爱的土官老爷！请收下我这份不成敬意的薄礼吧 —— 您对我的恩德真是太大啦！"

塔塔头戴高贵的金边细绒圆舌新毡帽，身穿华丽的豹皮领貂皮边氆氇藏袍，脚蹬明光乌亮的梅花鹿皮高腰靴，手腕上套着翠玉镯子，指头上戴着钻石戒指，一只耳朵上还挂着个牛眼睛一般大的赤金耳环。哎哟哟！穷寡妇卓玛吉的孤儿，忽然变得像一位王子那样阔气！他双手举着一条洁白的纯丝湖绉哈达，恭敬地献给桑巴。然后又指挥桑巴的手下人，把牦牛上驮来的东西摆开：包袱里包着五光十色的绫罗绸缎，皮箱里装着琳琅满目的奇珍异宝，就像龙王爷打开了百宝箱，把人们的眼睛都耀花了！

"塔塔……先生！您这是……在哪里发财啦？"

"这……"塔塔扫视了一眼满院子的看客，低声对桑巴说，"老爷！我可不愿意把这样宝贵的秘密，让很多人听去！"

于是土官桑巴立即把客人请到自己的卧室里，端上新宰的羔羊肥肉，拿出窖藏的青稞美酒，一心想破开塔塔葫芦里装的这个神秘的"财谜"。

"您问这个嘛，哈哈，真是说来话长，老爷！"塔塔两碗烧酒落肚，显出醉醺醺的样子，说，"那天，感谢老爷您把我装进皮口袋里，我呼呼地美美睡了一觉。忽然有人连皮袋把我扛起来，走了一段路，只听扑通一声，牛皮口袋掉进水里了。我好像坐在羊皮筏子上，转转悠悠，转转悠悠，一直往水底沉下去，沉下去……忽然，扎口袋的绳子自动开了，我探出头来一看，哎呀！眼前一片明光灿烂，原来来到龙王的水晶宫了……"

"啊！啊！您看见龙王了吗？"

"怎么没有看见呢？龙王是个挺和善的老头儿。他对我说：'嗯，我这儿正缺个管库房的官儿。小伙子，我就派你干这个差事吧。'说着，老头儿就给了我一把钥匙 —— 您瞧，这不是还装在我身上呢。"塔塔说着，真个从怀里摸出一把亮闪闪的黄铜钥匙，让桑巴看。

"可是，亲爱的塔塔！您干吗又跑回来了呢？"

"老爷！您难道不知道我家里还有个六十多岁的老母亲吗？我得给她老人家送点儿银钱，还想顺便向您表示一番谢意 —— 如果没有老爷您把我送到龙宫里去，我这辈子可真要受穷受到底啦！"

"哦！难道您还想再回龙宫去吗？"

"怎么能不回去呢？那库房里的宝贝那么多，还有一圈随时备用的驮牛。反正钥匙在我手里，我想给老母亲送点儿东西，骑在驮牛身上，吆喝一声，它就把我送出黄河啦。"

"可是，龙宫的路好走吗？"

"好走，好走，只要我钻进一条牛皮口袋里，让我的老母亲把口袋口扎住，一把推到黄河里就行啦 —— 哎呀，哎呀！今儿个我真喝多了……老爷！我刚才告诉您的秘密，可千万……千万……不能……泄漏！"塔塔话还没说完，就昏昏沉沉倒在桑巴绵软的栽绒褥子上，呼噜呼噜睡着了。

土官桑巴赶快从塔塔身上偷了那把"龙宫库房"的黄铜钥匙，又叫老婆准备了一条牛皮口袋和扎口袋的绳子，两口子趁黑天半夜，急急忙忙向黄河边上跑去了⋯⋯

塔塔一骨碌从栽绒褥子上翻起身来，嘻嘻笑着说："哈！我总算把桑巴老爷请到牛皮口袋里去了——佛爷保佑！但愿他永远给龙王爷管理库房去吧！"


（藏族民间故事）

# 牧童遇仙记

今天，当然没有神仙。

不过，根据古代传说，从前是有神仙的。

而且，神仙的故事都很有趣。《牧童遇仙记》，就是一个神奇而有趣的故事。

欧阳晴川做官做到员外郎，不觉年过半百，早已厌倦了官场生活，便学陶渊明"归去来兮"——告老还乡了。

欧阳员外乡居无事，常爱与人下棋消遣。老员外下棋，可不能白下，一两碎银，几串铜钱，输赢总要带一点儿"彩头"，下起来才有意思。

欧阳员外棋艺高超，十回总有九回赢。他赢了钱，也不收起来，马上打发伙计到村头酒坊沽一坛陈年老酒，与三五好友饮酒谈心。那真是："桌上客常满，樽中酒不空。"老员外说，此亦人生之乐事也！

能够陪山庄"国手"交锋的棋友，都是些腰缠万贯的有钱人，玩几盘象棋，输一点儿小钱，不过像牛身上拔几根毫毛，谁也不把它当回事儿。

想不到，忽然有个卖苦力干活的穷娃子，吃了老虎心、豹子胆，竟提出来要和老员外在棋桌上战三个回合——比一比高低！

这娃名叫黄狗蛋儿，那时刚刚十二岁，是老员外家的牧童。他从九岁开始，就被欧阳山庄雇来，放牧二三十只山羊。他常常在饭后工余，偷看老主人和来客对弈，心有灵犀一点通，时间一长，居然也成一个小棋迷啦。

这年腊月二十三，吃过晚饭，老员外照例用戥子称出一两二钱散碎银子，要给小牧童开当年工钱。

"这银子您先别给我，员外！"黄狗蛋儿笑嘻嘻地说。

老主人一听，好生奇怪，忙问这是为什么。黄狗蛋儿仍然嘻嘻地笑着，回答说："要是您肯赏脸，我想和您老人家下一盘棋！"

"什么？什么！你要和我下棋？"欧阳员外不禁瞪大眼睛，感到无比惊讶："小狗蛋儿！你不是跟爷开玩笑吧？你会下棋吗？"

"我会呀！"小牧童轻松地说，"不就是马走日字象走田、车行直路炮翻山嘛！"

欧阳员外一听，笑了："好好好，就算你会下棋，可你辛苦一年，挣来的这点银子，三盘两胜输给我，那你可要哭鼻子喽！"

"您老先别这么说，没准儿我还能赢您呢！"

"得！既然你一心想下，我就陪你下三盘吧！"欧阳员外说着，随手拿来五十两重一个银元宝，啪一声放在棋桌上："小狗蛋儿！咱们一言为定，我若输了，这元宝就归你了；要是你输了嘛——"

"当然，我那一两二钱银子——小意思，权当您一壶酒钱吧！"

三十二粒棋子摆开，老少两个棋手面对面坐定。小牧童以红子占先，出手就是一个"当头炮"。老员外微微一笑，跳马，攻卒，出车……应对自如，没费多大劲儿，就连赢了两盘。

"我输了！"吃了败仗的小棋手满面通红，额头上汗珠滚滚，站起身来，转头就要走开。

"别忙，狗蛋儿！"老员外说，"这一两二钱银子，你还是拿去好了——就算我赏你的压岁钱！"

"不！我哪能坏了您老的规矩。"黄狗蛋儿坚决回拒说，"晚安，员外！等明年再和您一决胜负！"

第二年岁末，瑞雪普降，梅花盛开，欧阳员外心情格外舒畅，便于腊月二十三那天，早早称出二两四钱银子，用红纸包起来。心想，那自不量力的牧羊孩子，今年总不会再寻老夫下棋了吧？这小小红包，就让他去过一个欢乐的新年好了！

可是，想不到小棋迷黄狗蛋儿，匆忙吃过晚饭，就急不可待地来找欧阳员外下棋。老主人心平气和，拍拍小牧童圆圆的脑袋，笑着说："狗蛋儿啊！我看今年这盘棋，就免了吧。"

"怎么？您是说……"

"你这点辛苦钱来之不易，说实话，我可不想让你年年两手空空回家！"

黄狗蛋儿一听老主人临阵打了退堂鼓，不想和自己下棋了，顿时情绪一落千丈，急得泪花儿闪闪眼眶里转。

"我知道，我那一点点可怜的银子，实在不配和您老人家那沉甸甸的元宝相比！"他沮丧地说，"可是，我下棋，也不是为贪图您的元宝！"

"快别这么说，狗蛋儿！"欧阳员外笑着安慰小牧童，"你瞧，我这元宝，不是还放在桌子上嘛！只要你赢了棋，它就是你的啦！"

员外说着，立即邀请小棋友坐下。两个人重整旗鼓，又在那"楚河""汉界"的两军对垒中，展开了一年一度的交锋。

黄狗蛋儿精神抖擞，满怀战斗激情，一开局，就使出"夹马当头三进卒"的招数。欧阳员外一看对手来势不善，一面小心应战，一面问道："狗蛋儿啊！你这棋路厉害着哪！ —— 真不知道你是从哪里学来的？"

　　"自个儿琢磨的呗！"黄狗蛋儿两眼紧盯棋盘，漫不经心地回答着员外的问话，"不瞒您老说，我在山上放羊的时候，没事儿就在地上画个棋盘，摆上五色石子儿，自己跟自己打仗。天天打，月月打，日久天长，也就摸出点路数来啦 —— 将军！"

　　欧阳员外只顾听自家小牧童说他有趣的学棋经历，没提防被对方冷不丁打了个"背弓炮"，一下子就把"将军"打死了！

　　"这一炮打得好狠！"员外赞叹说，"我认输了！"

　　"这才是第一盘。"黄狗蛋儿说。

　　"你能赢我一盘棋，也真不容易！"

　　"是您老客气，让我的！"

　　"不，在棋桌子上，我可是从来不谦让的！"

　　下第二盘棋的时候，欧阳员外再也不敢麻痹大意了。他聚精会神，小心翼翼，严密地防范着对手的猛烈攻击；同时步步为营，稳扎稳打，进行了长时间的鏖战，好不容易才扳回一盘 —— 下成一个平局。

　　接下来，进行决定胜负的第三盘。要知道，争强好胜，本是人类的天性。无论达官贵人还是平民百姓，都不能免俗。现在，坐在欧阳山庄棋桌对面的这二位棋手，尽管身份不同、年龄悬殊、性格教养各异，但在此时此刻，只有克敌制胜，绝不妥协退让的强烈欲望却是一样的。

　　这是关键性的一盘棋，两个人每走一步，都需要反复斟酌，费尽心思。你吃我一卒，我就要消灭你一兵；你打死我一马，我也要毁掉你一炮……最后，满盘棋子所剩无几。双方除了将军，还各有一车。另外，员外的"红方"多一只士，黄狗蛋儿的"黑方"多一只卒。看来旗鼓相当，胜败一时还难见分晓。

"狗蛋儿哥！加油！"老员外七岁的孙子小军，是站在棋桌旁边的热心观众，而且一直偏向着小棋手："过河卒子赛只车——这盘棋你准赢！"

"别捣乱，小军！"员外打趣地说，"你让爷爷输掉一个元宝吗？"

"爷爷的元宝那么多，输一个给狗蛋儿哥怕什么！"

"瞧你这败家子！"爷爷笑着说。

热情的"啦啦队"使劲儿敲着边鼓，这使黄狗蛋儿深受鼓舞；他忽然下定决心，将小卒儿猛攻一步，吃了对方那只底士。

"哈！吃得好，吃得好！"小军连声喝彩，"爷爷！您输了！"

"唔！"老员外不理孙子的叫嚷，轻松地舒了一口气，笑道，"这盘棋和了！"

"不可能！"黄狗蛋儿信心十足地说，"我多一个卒呢！"

老员外笑着，将自己的将军从中心向前推进一步，说："你那个卒没用了——是个老卒儿了！"

果然，那落入底线的老卒，再也派不上用场了。两只单车，各护着自己一方的"面子"，走来走去，谁也占不到谁的便宜。周旋了半天，夜半的雄鸡一声长鸣，一局残棋也该收盘了。

"怎么样，狗蛋儿！"欧阳员外说，"天不早了，我看，还是和为贵吧？"

"不和！明年接着下！"小军说。

"对！"黄狗蛋儿赞同说，"还是这盘残棋不动，明年再定输赢！"

新年一过，黄狗蛋儿照旧给欧阳山庄放羊。他每天赶羊上山，闲下来就琢磨那盘残棋。几个月下来，也没找到一招出奇制胜的妙招。这天中午，突然来了一场大雨。小牧童慌忙把羊赶进一片树林，远远望见山坳里有一段石崖，便跑去崖下避雨。他紧靠崖壁坐下来，听着林涛雨声，闭起眼睛默想着那盘残棋的下法；忽然耳边传来棋子落盘的乒乓声，还听到有人叫了声"将军"。

他抬头一看，原来这悬崖下面，还有一座宽敞的山洞，洞里有一僧一道对坐下棋。反正闲着没事，黄狗蛋儿就悄悄凑过去，站在一旁观看。他发现这两个人棋艺高明，招数精妙，不觉看得入迷了！

更使他惊奇的是，有一盘棋下到最后，竟然完全再现了他和欧阳员外还没有下完的那盘残棋的格局。这时候，那光头和尚沉思良久，忽然举起卒子要吃老道的底士！就在这千钧一发之际，看棋的黄狗蛋儿不觉失声叫道："咳！坏了！"

两个下棋人一听，一齐抬起头来，这才看见身边还站着个陌生的顽童。

"阿弥陀佛！"和尚手里捏着那只犹未落盘的卒子，念了一声佛，笑着问道，"请问小施主，你说怎么坏了？"

黄狗蛋儿回答说："师父，那个底士吃不得！"

"为什么？"

"吃了士，您的卒儿就老了！"

老道捻着长胡子，微笑说道："他担心你一步走错，这盘棋你就赢不了啦！"

"啪！"一声响亮，和尚断然举起卒子，吃掉了道士的孤士，笑道："老卒儿怕啥？你看我照样赢棋！"

果然，接下去不过走了五六步，和尚的黑车强占中路，而且一直挺进到对方的底线，从红帅的屁股后面要了一将……于是，两个人哈哈大笑——黑方取胜，结束了这盘残棋。

"这就叫'海底捞明月'！"长胡子老道对小观众说，"怎么样？他这一招高明吧？"

"真是一招妙棋！"狗蛋满心佩服地说。

"小施主！"和尚忽然问狗蛋，"你到这儿干吗来啦？"

"我是上山放羊的牧童。"

老道又问："怎么，你一直站在这儿看棋吗？"

"我看你们下了三盘棋。"

"哎呀！"和尚叫道，"快去看你的羊吧——怕早变成石头啦！"

黄狗蛋儿手搭凉棚，睁眼向树林望去，只见白花花一片——羊群还在。可是，当他回头再看时，那山洞和刚才下棋的一僧一道，就在顷刻之间，都化为乌有了！

"啊！我这是在做梦吧？"他惊疑地愣怔了一会儿，一看天气早已晴朗，就赶忙前去赶羊。可他走进树林一看，那白花花的原来是一地石头，哪里还有一只活羊！

他想，也许刚才有什么野兽惊吓了羊群，把它们冲下山去了，便慌忙沿牧道一路寻找，直到进入村庄，也没看到一只羊的踪影。更使他无比惊奇的是，他早晨赶羊出圈的时候，分明是繁花盛开、绿树成荫的夏季，怎么只半日工夫，全村一下子变成黄叶飘落、草木凋零的深秋了？

他犹犹豫豫跨进欧阳山庄大门，举目四望，只见房屋破旧，门窗歪斜，先前那一派大户人家富丽堂皇的景象，早已荡然无存了！……

十三岁的放羊娃黄狗蛋儿，正在惊讶不已的时候，忽然听到有人一声咳嗽，抬头一看，从堂屋门口走出一位身穿粗布衣衫的老者，疑惑地不住上下打量着他。狗蛋儿连忙赔笑问道：

"请问，这是欧阳山庄吗？"

老者回答："是啊。你找谁？"

"欧阳晴川员外在吗？"

"你是？"

"我是他家的牧童黄——"

"啊！你是狗蛋儿？"老者等不及来客把话说完，急步抢上前来，紧紧拉住狗蛋儿的双手，情绪激动地说，"狗蛋哥儿！你怎么才来啊！"

原来，这老者就是欧阳员外的孙子小军。他告诉狗蛋儿，五十年前，他家的牧童——狗蛋儿哥，赶羊上山放牧，一去就再没回来。爷爷说，小狗蛋儿一定是走遍天下，寻访名师高人学棋去了。他总有一天，会回来找我下这一盘残棋的。老人家等啊，等啊，一直等了三十年，等到他活八十五岁、重病不起的时候，把孙子叫到床前说：小军啊！看来，爷爷是再也等不到与你狗蛋儿哥下棋了。我死之后，你们千万别动那盘残棋和那只元宝。无论狗蛋儿何年何月回来，你就替我下完那盘棋——只要他赢了，君子以信义为重，就把元宝给他！……

"爷爷去世二十年了，你瞧，我也是五十多岁的老头子了！"欧阳小军感慨万千地说，"狗蛋儿哥！你怎么还是这样青春年少？莫非你遇到神仙了？"

"我也说不清楚。"狗蛋儿对当年顽皮活泼的啦啦队员说，"我在山洞里做了一梦，看两个人下了三盘棋，想不到一觉醒来，就过了几十年！"

欧阳小军连连点头说："哦！那必是仙人无疑。你一定从他们那里学到不少妙招了？来来来，咱俩就把那盘残棋下完，莫辜负爷爷生前一片心意！"

欧阳小军让客人进了堂屋，果然，当年小牧童和老员外尚未下完的那盘棋和那颗银元宝，原样儿摆在那里。五十八岁的主人拿过鸡毛掸子，清除了上面一层厚厚的灰尘，老少两个朋友面对面坐下，两人交手只用了不大一会儿工夫，黄狗蛋儿就用那"海底捞明月"的绝招，轻而易举，战胜了对方。

"祝贺你，狗蛋儿哥！"欧阳小军满面笑容，捧起那颗五十两重的银元宝，恭恭敬敬递到赢家面前，说："请收下爷爷为你留下的这份薄礼吧！——你这一招妙棋，真使小弟大开眼界、五体投地啊！"

"谢谢！"黄狗蛋儿举双手一推，说道，"我放丢了你家一群羊，这元宝就算是我的赔偿吧。"

"这……"

"再见，欧阳先生！"少年棋手拱手向主人告别，掉头而去，就再也没有回来。

（汉族民间故事）

# 原书附记

这本小书，原定名为"甘肃民间故事集"，但如果按照严格的书目分类进行衡量，就有些"名""实"不太相符。因为书内收录的大部分故事，本来是作者依据某些民间传说的素材，进行改写和再创作的，它应该属于"童话"作品。这些作品的加工成分都比较大，已经失去了民间口头文学的本来面目，如果还以"民间故事"看待，显然是不够准确的。

实际上，其中的好几篇故事，如《打酥油的小姑娘》《阿克佬佬的花木碗》，在刊物发表时就标明为"童话"；《五个女儿》最初发表于《少年文艺》，目录上虽列为"民间故事"，但茅盾先生在评述六〇年儿童文学的时候，却作为优秀"童话"加以推荐（见《六〇年少年儿童文学漫谈》一文）；《金瓜和银豆》（低幼缩写本）和《铃铛儿》两篇，也在今年分别被编入上海和北京出版的三十年童话汇集中。我认为把这些作品当做"童话"看待，还是比较合适的。

不过，我在改写这些作品时，尽量模拟民间口头文学的语言和艺术表达形式，而且大抵都以"民间文学"的素材为蓝本，读起来的确像群众口头流传的故事，所以，把它们列入"民间文学"，也是可以理解的。当然，对一般读者来说，把这些取材于古老年代的故事，叫做"民间故事"或称为"童话"，关系都不大。但如果从专门的民间文学研究工作考虑，加工过大或完全改写的作品，就不可以"假冒"为"民间文学"，以免以假乱真，这也是常识问题。因此，我在校勘本书之后，觉得有必要作如上简单说明，供读者及专家参考。

赵燕翼

一九七九年十月于兰州

**图书在版编目（CIP）数据**

花木碗：中国西北民间故事选 / 赵燕翼编著．

广州：广东人民出版社，2025.5. -- ISBN 978-7-218-
17838-7

Ⅰ．I277.3

中国国家版本馆 CIP 数据核字第 2024V37T51 号

HUAMUWAN: ZHONGGUO XIBEI MINJIAN GUSHIXUAN

花木碗：中国西北民间故事选

赵燕翼 编著

版权所有 翻印必究

出 版 人：肖风华

**责任编辑：**钱　丰　刘美慧
**插画设计：**愚公子
**装帧设计：**崔晓晋
**责任技编：**吴彦斌

**出版发行：**广东人民出版社
**地　　址：**广州市越秀区大沙头四马路 10 号（邮政编码：510199）
**电　　话：**（020）85716809（总编室）
**传　　真：**（020）83289585
**网　　址：**http://www.gdpph.com
**印　　刷：**广东鹏腾宇文化创新有限公司
**开　　本：**889mm×1260mm　1/32
**印　　张：**7.5　**字　　数：**164 千
**版　　次：**2025 年 5 月第 1 版
**印　　次：**2025 年 5 月第 1 次印刷
**定　　价：**40.00 元

如发现印装质量问题，影响阅读，请与出版社（020-85716849）联系调换。
售书热线：020-87716172

有声点播
随时随地尽享文化熏陶
作者简介
深入了解作品背后故事
扫码加入
中华故事汇
邀你共赴一场地域文化之旅
云游华夏
身临其境找寻中国美景
文化探秘
跟随名著感受历史温度